THOMAS MICHALSKI
Das letzte Kind von Kaltenstein

Nadja Brügge hat ihre Mutter nie kennengelernt. Als sie nach einem Todesfall jedoch als letzte lebende Verwandte der Familie Kaltenstein identifiziert wird, sieht sie sich mit einem ungewöhnlichen Erbe konfrontiert: Plötzlich ist sie die Besitzerin eines prunkvollen Anwesens, das auf einer abgelegenen Insel scheinbar jedem Fortschritt getrotzt hat.

Gemeinsam mit der mysteriösen Amalia schickt Nadja sich an, den Rätseln ihrer Vergangenheit auf den Grund zu gehen. Allerdings ahnen die beiden Frauen zunächst nicht, dass dunkle Geheimnisse, unangenehme Wahrheiten und uralte Schrecken auf sie warten.

Werden sie begreifen, mit welchen Mächten sie sich angelegt haben, bevor es zu spät ist?

Über den Autor

Thomas Michalski, Jahrgang 1983, verbrachte seine Kindheit und Jugend in der schroffen Landschaft der Eifel. 2003 zog er nach Aachen und absolvierte dort an der RWTH ein Studium der Germanistischen und Allgemeinen Literaturwissenschaft sowie der Philosophie.

Er war dort mehrere Jahre als Journalist tätig, veröffentlicht Artikel in verschiedenen Fachmagazinen und ist der Autor mehrerer Bücher aus den Bereichen Sachbuch und Belletristik.

Heute ist er in die Eifel zurückgekehrt, arbeitet dort als Verlagsleiter bei einem Spiele-Verlag und widmet sich nebenher weiterhin seinen Büchern.

Weitere Bücher von Thomas Michalski

Belletristik	Sachbücher
Schleier aus Schnee	Einfach Filme machen
Verfluchte Eifel	Lovecraft und Duve
Verdorbene Asche	Tänze von einst

DAS
LETZTE KIND
-VON KALTENSTEIN-

Roman

Texte, Satz und Umschlagsgestaltung: Thomas Michalski
Erstleserinnen und Lektorat: Lina Goege, Julia Kurzweil,
Elisabeth Raasch, Angela Trautsch
Korrektorat: Thomas Michalski
Herstellung und Verlag: BoD – Books on Demand,
Norderstedt

ISBN 978-3-7568-2768-8

Bibliografische Information
der Deutschen Nationalbibliothek
Die Deutsche Nationalbibliothek verzeichnet diese
Publikation in der Deutschen Nationalbiografie; detaillierte
bibliografische Daten sind im Internet über
http://dnb.d-nb.de abrufbar.

Für jene, mit denen ich nach Saig reiste.
Sie wissen, was das heißt.

Triggerwarnungen findet ihr unten
auf Seite 180 dieses Buches.

Teil 1

DEINO

1

DER FÄHRMANN

Die Steinformation ragte aus dem Wasser empor wie die Hand eines ertrinkenden Riesen. Die Felsnadeln brachen Fingern gleich durch das endlos dunkle Wasser, die hilfesuchende Geste eines vorsintflutlichen Wesens – für immer gefangen in der Unsicherheit, ob jemand die Hand rechtzeitig ergreifen wird.

Hinter diesem bedrückenden Anblick konnte man, dem diesigen Wetter zum Trotz, bereits die Konturen der Insel ausmachen. Es war eine kleine Insel, gedrungen inmitten dieses stillen Sees, vergessen vermutlich von allen außer jenen wenigen Seelen, die sie bis heute ihr Zuhause nannten.

Nadja stand an der vorderen Reling der Fähre und saugte all diese Eindrücke in sich auf. Streng genommen war dies ihre Heimkehr, aber nichts von alledem hatte sie je zuvor gesehen. Diese niedrige, bewaldete Insel, die wie der Schatten eines lauernden Raubtiers langsam an Konturen gewann, war ihr vollkommen fremd, und wenn sich irgendeine Form von erhabenem Erkennen ihres Geburtsortes hätte einstellen sollen, so ließ sie auf sich warten.

Der Wind war kühl und zog an ihr, ließ ihr schulterlanges, kastanienbraunes Haar wehen. Ein romantischer Maler hätte vielleicht Freude daran gehabt, wie ihre schlanke Silhouette dort vom Bug aus über die Nebelschwaden ragte – ein Gedanke, der sie genug amüsierte, um sie aus ihrem dunklen Sinnen zu reißen. Plötzlich bemerkte sie, wie ihre Hände sich um die Reling geklammert hatten, und zwang sich, ihre Finger zu lockern, sodass Blut in ihre weißen Knöchel zurückfließen konnte. Verschämt wischte sie Reste des überall abblätternden, grünen Lacks an ihrer Cordjacke ab.

»Alles in Ordnung bei Ihnen?«, ertönte die sonore Stimme des Kapitäns hinter ihr. Wenn Nadja ihn mit einem Wort hätte beschreiben müssen, hätte ›Seebär‹ einen guten Dienst getan. Sie zwang sich zu einem Lächeln und nickte.

Er erwiderte das Nicken und wandte sich schon zum Gehen, aber Nadja war nicht gewillt, direkt wieder in ihren Gedanken zu versinken: »Sie haben selten Fahrgäste?«

Es war ein schwacher Versuch des Smalltalks, aber der Fährmann wandte sich ihr wieder zu und musterte sie mit den durchdringenden, vom Wind schmal geschliffenen Augen. »Nie.«

»Besucht denn niemand die Insel?«

»Nur Sie.« Dann aber schien er eine Entscheidung zu treffen und trat zu ihr an die Reling, blickte mit ihr gemeinsam raus auf die größer werdende Insel. »Gibt keinen Tourismus hier, wir selbst fahren nur Post und Lebensmittel auf die Insel. Fragen Sie mich nicht, warum Menschen dort noch immer wohnen.«

»Noch immer?«, hörte sie sich selbst seine Worte wiederholen.

Der Seebär aber hatte offenbar entschieden, schon zu viel gesagt zu haben und nickte nur auf ihre Frage. Nadja versuchte einen Moment lang, das Alter des Kapitäns zu schätzen, aber es war unmöglich. Er sah alt genug aus, um ihr Großvater zu sein, aber sagte man nicht auch, dass Seeleute schnell alterten durch Wind und Wetter? Einen Moment standen sie dort, und nur der Motorenlärm der Fähre und die Schläge des Wassers gegen den stählernen Rumpf des Schiffes waren zuhören, bevor er doch wieder das Wort ergriff: »Darf ich so forsch sein zu fragen, gute Frau, was Sie nach hier treibt?«

»Oh, ich bin auf der Insel geboren«, erklärte Nadja und versuchte vergeblich, seine Züge zu deuten.

»Sie wirken nicht so, als wären Sie von hier, wenn Sie mir den Hinweis erlauben«, brummte er in seinen Bart und begann, sich eine Zigarette zu drehen.

»Mein Vater ist mit mir von hier weggezogen, als ich nur wenige Wochen alt war. Meine Mutter war im Kindbett gestorben und ihn hielt nichts mehr hier.«

»Mein Beileid.«

»Ach, das ist ein Leben lang her. Aber danke.«

»Und was treibt Sie nun her?«

»Ein Erbe.« Der Kapitän hielt in seinen Bewegungen inne, die frisch gedrehte Zigarette noch nicht entzündet zwischen den Lippen. Eindringlich musterte er sie mit seinen grauen Augen, doch sagte er nichts, also fuhr Nadja fort: »Mich erreichte vor einigen Wochen ein Brief. Erst hielt ich es für einen schlechten Scherz, aber offenbar hatte ich noch lebende Verwandte hier auf der

Insel, auf Seiten meiner Mutter. Die sind nun schon eine Weile tot, aber erst jetzt hat der Testamentsverwalter mich ausfindig gemacht. Es scheint, als besäße ich ein Haus auf der Insel.«

»Entschuldigen Sie, gute Frau«, sagte der Fährmann so leise, dass es kaum über das Raunen des Wassers zu hören war, »ich hatte Sie, glaube ich, nie nach Ihrem Namen gefragt.«

»Nadja Brügge«, erklärte sie ihm und reichte ihm die Hand. »Aber der Name meiner Mutter war Margaretha Kaltenstein. Vielleicht kennen Sie die Familie?«

Er erwiderte den Handschlag, wirkte aber regelrecht betroffen dabei. Als das laute Horn der Fähre ertönte, riss er sich los und beendete damit endgültig, was auch immer an ungelenker Unterhaltung zwischen ihnen stattgefunden hatte.

»Denken Sie beim Anleger an ihren Obolus, Frau Brügge.«

»Meinen was?«

»Ihre Bezahlung. Der Lohn des Fährmanns für jene, die er über die dunklen Wasser fahren muss.«

2

AUFENTHALT

Die ersten Schritte nach Verlassen der Fähre waren ungewohnt. Zwar war das alte Ungetüm zu groß, um starken Seegang zu haben, aber dennoch war es schön, wieder festen Boden unter den Füßen zu spüren. Auch wenn Nadja keine Angst vor offenen Gewässern hatte, vermittelte ihr, von den anthrazitfarbenen Fluten des Sees herunter zu sein, das Gefühl, sich wieder ein bisschen mehr in der Wirklichkeit wiederzufinden.

Der Anleger mündete im Grunde direkt im Ort, oder zumindest dem, was hier den Ort darstellte. Sie sah ein paar ungeordnete Reihen von Wohnhäusern, ein größeres Gebäude, in dem sie die Verwaltung vermutete, sowie einen kleinen Supermarkt. Nein, korrigierte sie sich selbst, einen kleinen Laden, denn es schien so, als habe sie den letzten Ort Deutschlands gefunden, in den die üblichen Ketten noch nicht vorgedrungen waren.

Ein letztes Mal sah sie sich um, wollte sich von dem Fährmann noch verabschieden, doch der Kapitän war nun wohl mit anderen Dingen beschäftigt und außer Sicht. Sie zahlte ihre Überfahrt, ihren »Obolus«, an einen der anderen Fährleute, schwang sich ihren Seesack über die Schulter und stapfte auf den Ort zu. Der

Wind war auch hier frisch und es lag Regen in der Luft, doch Nadja begann, es zu genießen. Sie wusste ja selbst nicht, was sie erwartete, aber ein Abenteuer würde es zweifelsohne werden.

Da niemand auf der Straße war, den sie ansprechen konnte, hielt die junge Frau auf den kleinen Gemischtwarenladen zu und trat ein. Es war wirklich kein Supermarkt. Der Boden war altes, abgelaufenes Parkett, die meisten Regale aus dunklem Holz gefertigt, die Schilder von Hand geschrieben. Über dem Regal mit Kaffee, Zucker und einigen anderen Gütern stand in alter Schrift schwungvoll »Kolonialwaren«, was Nadja mit einer hochgezogenen Augenbraue bedachte. Einzig eine Kühltheke wirkte wie ein grausamer Fremdkörper in diesem ansonsten geradezu antiken Gesamtkunstwerk.

Eine gescheckte Katze lag zusammengerollt auf einem der oberen Regale und schenkte der neuen Besucherin keinerlei Aufmerksamkeit. Eine kleine, rundliche Frau mit Nickelbrille und auffälligen grauen Strähnen in ihrem schwarzen Dutt tauchte hingegen beim Läuten der Türglocke hinter dem Tresen auf – wenn auch nur knapp, ob ihrer Größe – und winkte Nadja freudig näher.

Sie bemerkte, dass dies ihr erster freundlicher Kontakt mit einem Menschen seit Beginn ihrer Reise war.

»Junge Frau!«, jauchzte die Verkäuferin regelrecht. »Sie sind aber nicht von hier!«

»Nein, ich bin gerade erst angekommen.«

»Was hat sie denn nach hier ...«, begann sie, stockte, und ihre Augen wurden groß. »Nein, sagen Sie es nicht! Kann es denn wahr sein?«

»Entschuldigung?«

»Sind Sie ... sind Sie womöglich die junge Frau Kaltenstein?«

Nadja war perplex. »Meine Mutter war Margaretha Kaltenstein. Aber ich heiße Brügge, wie mein Vater.«

»Ihr Vater.« Es war eine eigentümlich kühle Feststellung, die Nadja nicht zu deuten verstand.

»Wie haben Sie das erkannt?«

»Oh, Sie sind ihrer Frau Mutter wie aus dem Gesicht geschnitten, Frau ... Brügge. Als würde man noch einmal in ihr jugendliches Gesicht blicken.«

»Sie kannten meine Mutter?«

»Natürlich, ich lebe auch schon seit Kindheitstagen hier. Sind Sie denn gekommen, um nun hier zu bleiben? Oh, es würde der Insel so gut zu Gesicht stehen, wenn doch wieder eine Kaltenstein hier leben würde. So viel hat Ihre Familie für die Insel getan. Wir waren alle ganz bestürzt über den Tod der guten Henriette. Das muss dann ihre Tante gewesen sein?«

»Ich nehme es an«, gestand Nadja. »Ich bin erst vor kurzem überhaupt über den Todesfall, die Erbschaft und, wenn ich ehrlich bin, lebende Verwandte informiert worden. Mein Vater hat nie viel über sein Leben auf der Insel gesprochen.«

»Natürlich.«

»Aber um Ihre Frage zu beantworten – ja, vielleicht bleibe ich tatsächlich. Wir werden sehen.«

Es gab eine Menge, was sie in dem Moment nicht aussprach. Auch wenn es in Nadja loderte, sich so vieles vom Herzen zu reden – der Kern war, dass es eigentlich nirgendwo, wo sie bisher gelebt hatte, noch viel gab, was sie hielt. Und dass ihr der Gedanke, fast wie ein Einsiedler auf eine einsame Insel zu ziehen, gerade verlockender klang, als sie es sich bisher eingestehen wollte.

Aber eines nach dem anderen.

»Zuerst einmal«, setzte Nadja an und lächelte erneut entschuldigend, »muss ich aber offenbar mein Haus finden. Ich hatte versucht, es über einen Routenplaner zu suchen, aber es gibt scheinbar keine Straßennamen hier im Ort?«

»Nein, die gibt es nicht«, fuhr die Krämerin fort. »Aber das würde Ihnen im Ort selbst auch gar nicht helfen. Warten Sie.« Die kleine Frau zauberte hinter dem Verkaufstresen eine Karte der Insel hervor, die aussah, als wäre sie ebenso Antik wie die Einrichtung des Geschäfts. Nadja brauchte einen Moment, sich darauf zu orientieren, doch der knubbelige Zeigefinger der Frau wies ihr den Weg. »Hier sind wir gerade. Hier ist der Steg. Und dann sehen Sie hier, diesen Weg, durch den Wald, einmal hier um den kleine Hügel herum – und hier nun ist Ihr Anwesen.«

Triumphal tippte sie auf das alte Papier. Nadja studierte, was sie dort sah. Die Insel brachte es an ihrer längsten Stelle auf etwa dreieinhalb Kilometer, und es schien, als hätte man versucht, ihr neues Haus so weit vom Ort entfernt wie möglich zu errichten.

»Kann man irgendwo hier im Ort einen Mietwagen bekommen?«, fragte sie.

»Oh, nein, es gibt nahezu keine Autos hier im Ort. Nathan hat einen Pritschenwagen, aber den braucht er selber. Nathan ist unser bester Handwerker hier. Den werden Sie sicherlich eh früher oder später brauchen. Ich vermute, Ihr Herrenhaus hat ja nun auch eine Weile leergestanden.«

Anwesen. Herrenhaus. Nadja fragte sich zunehmend, auf was sie sich hier eingelassen hatte. Aber mindestens bis die Fähre am nächsten Morgen wiederkam, hatte sie nun ja Zeit, all dem auf den Grund zu gehen.

»Sagen Sie Nathan, Editha hätte sie geschickt«, erklärte die Verkäuferin und ergänzte mit einem Lächeln: »Das bin ich.«

Weit kam Nadja zunächst nicht. Sie kaufte noch ein paar Vorräte ein und verließ den Laden, um die frische Luft draußen genießen und dort zugleich in Ruhe alles in ihren Seesack packen zu können, ohne weiterhin Smalltalk mit Editha betreiben zu müssen.

Doch kaum, dass sie aus dem Laden trat, musste sie schon ausweichen, als ein junger Mann beinahe mit ihr zusammenstieß. Nadja murmelte eine Entschuldigung und wollte es schon dabei bewenden lassen, als sie merkte, dass der junge Mann nicht weiterging. Erst jetzt schaute sie ihn sich aufmerksam an. Er war jung, jünger als sie. Entweder Mitte 20 und glattrasiert, oder noch etwas jünger und noch auf dem Weg zum richtigen Bartwuchs. Blonde Locken umspielten sein unglaublich symmetrisches Gesicht, aus dem stahlblaue Augen und ein charmantes Lächeln hervordrangen.

Das bizarrste aber war, dass er über seiner Jeans offenbar nur eine Weste trug, den durchtrainierten Oberkörper ansonsten entblößt. Das Wetter war eigentlich zu kalt dafür, und doch präsentierte er so eine bemerkenswerte Menge definierter Muskeln. Er trug eine Holzkiste, vermutlich Waren für den Laden von der Fähre, und obgleich sie schwer wirkte, hielt er sie lässig mit einem Arm auf seiner Schulter fest.

»Hey«, hauchte er mit einer Stimme, die irgendwie zu tief für ihn wirkte.

»Hey«, gab sie gezwungen zurück und begann, sich beflissentlich an ihrem Seesack und den Einkäufen zu schaffen zu machen.

»Ich bin Paul.«

Sie nickte und versuchte, ihn bestmöglich zu ignorieren, ohne ganz unhöflich zu wirken.

»Wenn Sie irgendwie Hilfe brauchen, ich bin da«, sagte er mit gedämpfter Stimme. Als sie nichts weiter antwortete, fuhr er säuselnd fort: »Ich kann Ihnen den Weg zeigen. Ich könnte auch Ihren Seesack tragen. Alles, was sie brauchen.« Und dann, nach einer Pause: »Alles.«

»Danke, Paul, ich komme klar.« Und ehe er widersprechen konnte, ergänzte sie: »Ich bin sicher, Editha wartet bereits auf den Inhalt dieser Kiste.«

Der Name der Verkäuferin wirkte. Paul nickte ihr noch einmal zu und verschwand dann im Inneren des Ladens. Nadja hatte jedenfalls nicht vor, noch hier zu sein, wenn er wieder rauskam, und der Weg zum Haus der Kaltensteins schien einfach genug. Eine Wanderung, ja, aber nichts, wobei man sich verlaufen konnte. Sie verstaute die letzten Einkäufe, dann schulterte sie ihr Hab und Gut erneut und machte sich auf den Weg.

3

KALTENSTEIN

Der Weg war angenehm. Die kühle Luft war perfekt für die kleine Wanderung und die Straße hinaus aus dem Ort zwar nicht asphaltiert, aber dennoch fest und gut zu laufen. Die Äste der dunklen Laubbäume hingen von beiden Seiten zur Mitte herunter und bildeten eine Art gewaltigen Bogen, unter dem sie nun herschritt.

Sie reiste zudem mit leichtem Gepäck. Der Seesack hatte zwar ein gewisses Gewicht, aber Nadja war nicht unsportlich und die Insel klein genug, dass sie ihr Ziel erreichen sollte, ohne auf dem Weg auch nur müde zu werden. Zugleich bedeutete das aber auch, dass sie viel Zeit hatte, ihren Gedanken nachzuhängen, während sie ein halbes Stündchen dem gewundenen Waldweg folgte. Was würde sie dort am Ende erwarten? Was hatten ihr ihre nahezu unbekannten Vorfahren hinterlassen?

Alle möglichen Bilder spielten sich vor ihrem geistigen Auge ab. War es eine Art verfallener Bauernhof? Eine glorifizierte Scheune mit leckendem Dach? Ein unscheinbares, abgelegenes Häuschen, oder gar wirklich ein Herrenhaus oder Anwesen, wie die Krämerin angedeutet hatte?

Als der Weg erneut eine leichte Kurve beschrieb und sie ein erstes, kleines Türmchen zwischen den Bäumen hindurch blitzen sah, wurde ihr klar, dass ihr neues Haus wohl eher in letztere Kategorie fiel. Unbewusst beschleunigte sie ihre Schritte, getrieben von unbändiger Neugier, und es kostete sie plötzlich Mühe, nicht auf den letzten Metern ins Laufen zu verfallen.

Nadja wusste nicht, was sie erwartet hatte – doch egal, was es gewesen war, dieses Haus übertraf es deutlich. Sie betrat das Grundstück durch ein schmiedeeisernes, teils vom Efeu überwuchertes Tor, schritt entlang einer Zierhecke weiter darauf zu und konnte den Blick doch nicht von der dunklen Fassade abwenden.

Es war ein gewaltiges Bauwerk. Nadja schätzte, dass es seine 60 Meter breit sein musste und scheinbar weniger tief, auch wenn das von vorne schwer zu sagen war. Es wirkte fast, als wären drei einzelne Häuser aneinander gefügt worden, wobei das mittlere mit Frontportal und zwei gewaltigen Glasfenstern fast wie ein Gesicht erschien, das sie anstarrte. Zwei separate Flügel spreizten dann von diesem zentralen Haupthaus ab, alles aus gewaltigem, über Jahrzehnte oder Jahrhunderte dunkel gewordenem, einstmals rötlichem Stein gefertigt. Unwillkürlich blickte sie sich um. Die Steine mussten einst auf die Insel gebracht worden sein, um dieses Haus – nein, um dieses Anwesen – zu errichten. Nie im Leben konnten die hier abgebaut worden sein.

Das Haus war reich an Fenstern und, das stellte Nadja schon mal zufrieden fest, die allermeisten schienen intakt zu sein. Generell schien das Haus gut in Schuss, selbst das Dach wirkte, von dort unten aus betrachtet, sauber gedeckt. Zehn Schornsteine zählte sie, einige davon ganz schmal und nahezu fragil wirkend über dem gewaltigen Bau, zwei hingegen regelrechte Schlote.

Der Eingang zum Haus war ebenerdig, jedoch von zwei Engelsstatuen gesäumt. Beide Engel, vom Körper her betont weiblich geformt, waren zum Haus gedreht und wirkten in ihrer Haltung geradezu abwehrend. Nadja konnte sich nicht erinnern, solch eine Pose schon mal gesehen zu haben. Sie beschloss, den Rest der Außenanlage zuerst zu beschauen, bevor sie in das Gebäude hineinging.

Sie lehnte ihren Seesack an die Haustüre und begann, einmal um das große Bauwerk herumzugehen. Der Rest des Grundstücks war nicht weniger imposant. Verwildert, ja, aber imposant. Nadja vermutete, dass nicht erst mit dem Tod ihrer letzten Verwandten hier die Arbeiten eingestellt worden waren. Dicke Wurzeln und Rankpflanzen krochen aus allen Richtungen auf das Gebäude zu, hatten bereits einen alten Brunnen und einen Statuengarten erobert.

Die meisten jener Statuen waren erst bis zur Hüfte überwuchert, ein oder zwei hatte das Efeu aber offenbar auch schon umgeworfen. Auch hier standen viele Engel, doch drei Gestalten in der Mitte waren anders. Die gleiche Bildhauerkunst, das gleiche helle Gestein, aber definitiv keine Engel. Vorsichtig entfernte Nadja einige der rankenden Pflanzen und fand darunter die Gestalten dreier scheinbar uralter Frauen, die dort geduckt standen, als würden sie etwas aushecken oder sich vor etwas zusammenkauern. Irgendetwas hielten sie gemeinsam in ihrer Mitte in den Händen. Neugierig entfernte Nadja weitere Pflanzen und runzelte dann die Stirn – es war ein Auge. Und tatsächlich, keines der Gesichter schien Augen zu besitzen, nicht einmal Höhlen, nur dieses eine, das sie sich teilten.

Irritiert schüttelte Nadja den Kopf, als ein leises Rauschen an ihr Ohr drang. Es kam nicht vom Haus her, sondern von dem hinteren Waldrand. Also passierte sie die restlichen Statuen und genoss es, dabei mit den Füßen durch das knöchelhoch aufgehäufte Laub zu fegen, drängte sich vorsichtig durch das Unterholz und stieß dort nach nur etwa zwanzig Metern auf die Quelle des Geräuschs: die Küste. Es war wirklich, wie die Karte gezeigt hatte – das Haus lag so weit es ging am abgelegenen Ufer der Insel.

Wo jedoch auf der einen Seite ein eher flacher Steinstrand eine recht harmlose Kulisse bot, blickte sie hier nun einen ebenso abschüssigen wie steinernen Steilhang herab auf das Wasser. Der See hatte zwar keine Wellen wie ein Meer, doch schien es eine verborgene Strömung zu geben, und der Wind trieb das Wasser zudem recht imposant gegen die felsige Wand.

Eine Weile blickte sie auf die dunklen Wogen, dann riss sie sich los und machte kehrt. Es war Zeit, das Innere des Herrenhauses in Beschau zu nehmen.

4

DIE TÜCHTIGE

Nadja machte sich beherzt auf den Weg zurück vor das Haus. Sie versuchte, hier und dort einen Blick in das Innere zu werfen, doch das trübe Wetter und die teils ebenso trüben Glasscheiben ließen sie wenig mehr als Konturen im Inneren erahnen. Definitiv aber möbliert, wie sie erfreut feststellte. Vermutlich würde sie dann die nächsten Nächte schon mal nicht mit einer Isomatte auf den kalten Fliesen eines alten Gemäuers verbringen.

Ein kleiner Schuppen hinter dem Haus erweckte ihre Aufmerksamkeit. Auch er schien alt zu sein, wenngleich bei weitem nicht so alt wie das Anwesen selbst. Klein, stabil, keine Fenster. Nadja war schon drauf und dran, den Schuppen auf später zu verschieben, als darin ein leises Poltern zu hören war – und nun war ihre Neugier geweckt. Eine Stimme in ihrem Hinterkopf mahnte sie leise zur Vorsicht, aber sie würde die Erkundung ihres offenbar neuen Zuhauses nicht damit beginnen, vor ihrer eigenen Gartenlaube Angst zu haben. Außerdem: Sie war auf einer abgelegenen Insel. Was sollte ihr hier lauern?

Die verzogene Holztür leistete ihrem neugierigen Ziehen zunächst Widerstand, gab dann aber den Weg frei. Vor ihr erstreckten sich die üblichen Werkzeuge, die in solch einem Schuppen zu erwarten waren – Hacken, Schaufeln, eine Sense, Hämmer und mehr. Aber nichts davon konnte die Quelle des Geräusches gewesen sein.

Ihr Blick fiel auf den einen Ort, den sie noch nicht einsehen konnte – ein undefinierbarer Stapel Dinge, die unter einer dicken Wolldecke verborgen waren. Hatte die Decke sich bewegt? Oder war das womöglich nur der Luftzug gewesen?

Nun doch langsam nervös, streckte Nadja die Hand aus, griff vorsichtig nach der Decke und zog sie dann mit einem einzigen, kräftigen Ruck herunter. Polternd fielen einige Kanister zu Boden, gefolgt von einer schwarzen Katze, die lautlos zwischen ihren Beinen hindurch huschte.

Nadja blickte ihrem Eindringling nach. Die Katze – ein Kater, korrigierte sie sich – saß nun draußen auf der Wiese, als wäre nichts gewesen. Ein stolzes kleines, schwarzes Tier, dessen gelbe Augen sie eindringlich musterten. Eines der Ohren zuckte kurz – es war eingekerbt, erkannte Nadja, vermutlich von einem früheren Abenteuer –, und dann verschwand das kleine Tier mit einigen zügigen Bewegungen aus ihrem Sichtfeld.

Nadja blickte dem Kater einen Moment nach, beäugte aber anschließend erst einmal ihren sonstigen Fund: ein alter Generator, dem Anblick nach seit womöglich mehreren Jahrzehnten nicht in Betrieb gewesen, sowie eine beachtliche Menge von Kanistern. Benzin, dem Geruch nach.

Das würde bei dem alten Anwesen sicher mal von Nutzen sein, dachte sie sich. Doch vorerst hatte Nadja genug von dem Schuppen und machte sich wieder auf, zur Front des Hauses. Zeit, einen Blick ins Innere zu werfen.

Als sie jedoch wieder um die Hausecke zur Vorderseite bog, hielt sie inne. Sie war nicht länger alleine.

Eine junge Frau stand dort, direkt am Eingang, neben dem Seesack mit Nadjas Hab und Gut, und schien zu warten. Der Rucksack war scheinbar nicht bewegt worden, registrierte Nadja am Rande, doch fesselte diese fremde Frau sie viel zu sehr, um wirklich darauf zu achten.

Sie war groß, was sicherlich auch an ihrer überaus akkuraten Haltung lag – in jedem Fall überragte sie Nadja ein wenig. Sie war ganz in Schwarz gekleidet, mit imposanten Schultern und einer bemerkenswerten Taille. Nadja fragte sich unwillkürlich, ob die Fremde wohl ein Korsett trug, während sie näher trat. Die Besucherin blickte ihr entgegen und ihr Gesicht, kaum weniger weiß als die Engelsstatuen neben ihr, wirkte freundlich. Ihre Haltung war hingegen von einer gewissen Strenge gezeichnet, was die hinter dem Rücken gefalteten Hände und der Dutt auf ihrem Kopf nur noch unterstrichen.

»Hallo«, eröffnete Nadja etwas ratlos. »Kann ich Ihnen helfen?«

»Oh, sie müssen Nadja sein!«, antwortete die andere.

Es stimmte wohl, was man über kleine Gemeinschaften sagte – Nachrichten machten offenkundig schnell die Runde.

»Das bin ich. Was machen Sie denn hier draußen?«

»Oh, Editha hat mir Kunde gegeben, dass Sie angekommen sind.«

»Das ging aber schnell.« Nadja versuchte, nicht unfreundlich zu klingen, konnte das Gefühl aber auch nicht ablegen, von etwas überrumpelt zu werden.

»Oh, wir verfügen über Fernsprechapparate«, versetzte die Fremde lächelnd. »Auch wenn Mobilgeräte Sie hier weitgehend im Stich lassen werden.«

»Und warum hat man Sie angerufen?«

Plötzlich huschte ein bestürzter Gesichtsausdruck über die Züge der fremden Frau.

»Ach, nun schauen Sie, wie ich mich hier gebärde.« Sie nahm eine ihrer Hände vom Rücken und bot sie Nadja dar. »Amalia. Amalia Nebelung. Meine Mutter und Ihre Mutter waren miteinander befreundet, und ich fand, es gezieme sich, Ihnen eine Begrüßung anzutragen – und vielleicht die Freundschaft anzubieten, sollte Ihnen danach der Wunsch bestehen.«

Amalia. Ein Name, der fast so altertümlich wirkte wie die Sprache der Frau, stellte Nadja fest. Im Grunde auch wie ihre Kleidung. Und doch hatte ihre Art etwas entwaffnend charmantes.

»Nadja Brügge«, sagte sie und ergriff die dargebotene Hand. Sie bemühte sich redlich, nicht auf das dünne, marmorweiße Handgelenk zu starren, dass unter den spitzenbesetzten Aufschlägen ihres Gegenübers hervorragte.

»Oh, richtig, Brügge, nicht Kaltenstein natürlich. Der Name des Herrn Vaters?«

»Genau. Das Gespräch scheine ich hier noch öfter vor mir zu haben.«

»Vermutlich nicht so oft wie Sie denken«, schmunzelte Amalia und ergänzte, als sie Nadjas ratlosen Blick bemerkte: »Die Fernsprechapparate, wie ich sagte.«

Beide lachten kurz, dann wanderte ihr Blick zum Eingangsportal.

Amalia nickte leicht und deutete einen Knicks an. »Dann will ich Sie nicht länger aufhalten.«

»Kennen Sie das Haus? Also, waren Sie schon einmal darin?«, fragte Nadja, doch Amalia schüttelte den Kopf.

»Ich fürchte nicht. Ihre Frau Mutter hatte selten und wenn nur erwählten Besuch. Meine Mutter ist hier häufiger ein- und ausgegangen, aber ich selbst war nie weiter, als ich nun gerade stehe.«

»Wollen Sie es mit mir erkunden?«, fragte Nadja. Sie war sich später unsicher, warum sich die Frage aus ihr herausdrängte; das war eigentlich nicht ihre Art. Andererseits mochte sie die fremde Frau, und der Gedanke, wenigstens nicht alleine durch das große Anwesen zu schleichen, schien ihr gerade recht angenehm.

»Wenn Sie gestatten, sehr gerne!«

»Unter einer Bedingung.«

»Bitte, was wünschen Sie?«

»Lassen wir das Siezen bleiben.«

5

VESTIBÜL

Nadja nestelte aus einer der Seitentaschen ihres Seesacks einen zerknitterten braunen Umschlag hervor und schüttelte ihn, bis ein Schlüssel in ihre Finger glitt. Es war ein alter, aber insgesamt recht schlichter Schlüssel, aus einem schweren Metall gefertigt. Sie schob ihn in das Schlüsselloch der schweren Holztüre, tauschte mit Amalia noch einen erwartungsvollen Blick und drehte ihn dann.

Sie hätte erwartet, dass er sich nur schwergängig drehen würde oder dass sonst etwas hakte, doch mit einem satten Klacken schnappte in der Türe sofort etwas beiseite. Sie schwang mit einem nahezu unhörbaren Quietschen auf und gab den Blick frei auf das Innere des Hauses. Oder vielmehr: den Blick auf die Eingangshalle.

Nadja und Amalia traten ein, beide überwältigt von der schieren Größe des Raumes. Er passte zu den Dimensionen des Anwesens, aber für Nadja, die bisher in kleineren Mietwohnungen gelebt hatte, war es dennoch schwer zu ermessen. Zuerst fiel der Blick unweigerlich auf die gewaltigen Treppen. Zwei Aufgänge führten parallel zueinander und gerahmt von kunstvoll geschnitzten Geländern aus dem Erdgeschoss hinauf zu einer Balustrade, von der aus wiederum Türen in Zimmer oder Flure des ersten Stocks abzweigten. Zwischen den beiden Treppen hingegen standen zwei gemütliche Ohrensessel neben einem kleinen Beistelltisch, vermutlich einst für Besucher, die man dort auf die Herrschaften des Hauses warten ließ.

Dunkle Holzkassetten bedeckten ebenerdig die Wände und fügten sich nahtlos in die Vertäfelung beider Treppen ein. Sie mündeten in etwa zwei Metern Höhe in einer dunkelroten Tapete, die ihrerseits dann hinauf reichte bis zur hohen, dunkel gestrichenen und stuckbesetzten Decke. Links und rechts der beiden Frauen formten sich aus der Holzvertäfelung imposant geschnitzte Bögen – Nadja fand sie gotisch, ohne selbst wirklich Ahnung davon zu haben – und umschlossen so weitere Türen, die ebenerdig ebenfalls tiefer ins Innere des Hauses führten.

»Ist es bei euch ebenso imposant?«, hauchte Nadja.

»Wir leben nicht bescheiden«, gab Amalia zu, »aber nein, das Haus der Familie Nebelung ist nicht hiermit zu vergleichen.«

Amalia ging einige Schritte weiter hinein, und das lenkte Nadjas Blick erst auf den Boden. Das Stäbchenparkett war mit unglaublicher Präzision verlegt worden und auch wenn es nun matt war vom Staub, so hatte sie keinen Zweifel, dass es mit etwas Zuwendung glänzen und spiegeln könnte.

Dann erregten einige Gemälde oberhalb der Treppen ihre Aufmerksamkeit. Sie wusste zu wenig über ihre Familie, um jemanden zuzuordnen, aber zumindest die Gesichter konnte sie studieren. Und ja, eine gewisse Ähnlichkeit zu einigen der Personen war nicht zu leugnen. Wenn sie ihrer Mutter wirklich so aus dem Gesicht geschnitten war, wie Editha behauptete, dann war diese dort jedoch nicht mit dabei. Stattdessen blieb Nadjas Blick an dem strengen Starren einer Frau auf einem der Gemälde hängen.

»Henriette Kaltenstein«, erriet Amalia ihre Gedanken.

Nadja hoffte einfach mal, dass sie nicht zu sehr nach dieser Tante von ihr kam, denn die kalten Augen und der strenge Blick hatten etwas geradezu ausladendes. Henriette war die letzte hier lebende Kaltenstein gewesen, nach deren Tod all dies in Nadjas Besitz übergegangen war.

Dieses riesige Haus. Es roch staubig und die Luft war abgestanden, aber Nadja nahm nichts von dem Schimmelgeruch war, der sie in ihrer letzten Wohnung geplagt hatte – das war schon mal gut.

Einer der Durchgänge zu ihrer Linken, realisierte sie, besaß keine Türe, sondern war offen gestaltet. Sie beschloss, dies als Einladung zu nehmen, tippte Amalia sacht am Rücken an – sie *trug* ein Korsett – und schritt dann in das erste Zimmer ihres neuen Hauses.

Es erwies sich als die Küche. Ein großes, geräumiges Zimmer, aber sehr viel schlichter als die Eingangshalle. Die Wände hier waren mit beigefarbenen Facettenfliesen bedeckt, die Durchgänge mit steinernen Bögen versehen, doch keine Frage: Dies war kein Bereich für Gäste. Auch der abwechselnd schwarzweiß gefliste Boden zeigte, dass hier gearbeitet werden konnte – und dies auch einst reichlich getan wurde, wenn man sich die Abnutzungsspuren besah.

»Mich wundert der offene Durchgang«, murmelte Nadja, während sie gedankenverloren über eine der schweren Massivholz-Anrichten strich.

»Wärme«, erklärte Amalia und deutete auf den gewaltigen, offenen Kamin vor ihnen. »Das Haus hat keine Heizung im modernen Sinne, vermute ich. Oder Elektrizität.«

Nadjas Blick fiel erstmals bewusst auf die zahlreichen Lampen und Kerzenhalter und sie erkannte, dass Amalia Recht hatte. Nun, das war eine Herausforderung.

»Ich denke Nathan vermag, einen Generator zu offerieren«, fuhr sie fort. »Nathan ist der ...«

»... Handwerker im Ort«, beschloss Nadja lächelnd. »Ja, ich hörte schon von ihm.«

Gemeinsam setzten die beiden ihre Erkundung des Hauses noch den gesamten Nachmittag fort. Tatsächlich waren alle Zimmer voll möbliert, durchgehend mit antiken Stücken, die vermutlich schon einige Generationen in dem Haus standen. Zahlreiche Flure, dunkel gestrichen oder vertäfelt, verbunden durch eine endlos anmutende Reihe schwere Türen, auf denen jedoch die Schlüssel steckten. Sie fanden die Schlafzimmer der Familie ebenso wie offensichtliche Bedienstetenquartiere, dazu Gästezimmer, einen Salon, eine Bibliothek, einen zusätzlichen Speisesaal und ein paar weitere Räume. Sie waren teils seltsam geschnitten, einige tragende

Wände auffällig nicht in rechten Winkeln zueinander errichtet, doch alles hinterließ einen sehr imposanten Eindruck. Der Keller allein war nur mit dem Licht an Nadjas Handy schwer zu erkunden und deutlich verworrener gebaut, aber ebenfalls vorhanden und geräumig, ebenso wie ein Dachboden, der offenbar vor allem als Möbellager diente.

Nadja wollte es nicht zugeben, aber sie zweifelte nicht – das eine oder andere Mal würde sie sich sicherlich verlaufen.

Das Haus war insgesamt in gutem Zustand, aber es war auch genug zu tun. Manche Fenster waren defekt und hatten Feuchtigkeit eingelassen, das Dach war nicht so dicht, wie es gewirkt hatte, und in einem Teil des Kellers stand das Wasser scheinbar dauerhaft. Andererseits gab es zu ihrer beider Überraschung, nach einem empört wirkenden ersten Rumpeln und Ächzen in den Rohren, fließendes Wasser und die Leitungen schienen soweit intakt, obwohl Nadja klar war, dass auch dort noch manche Arbeit auf sie wartete.

Amalia war ihr bei all dem eine angenehme Gesellschaft. Zuerst hatten sie sich schweigend den Weg gebahnt, doch waren sie zunehmend ins Gespräch gekommen. Sie sprachen nicht viel über sich – was Nadja nur Recht war –, wohl aber über all die mehr oder weniger kuriosen Fundstücke, die sie auf ihrer Erkundung erspähten. Dass Amalia zudem in der Lage war, einige der altertümlicheren Einrichtungsgegenstände, eine Öllaterne etwa, zu bedienen, war hilfreich. Doch es war der Humor, der sich hinter ihrer antiquierten Sprache verbarg, mit dem sie Nadja für sich gewann. Sie lachten über verschrobene Ölbilder voll biederer Hirsch- und Jägerromantik, erschreckten einander in dunklen Räumen und nachdem Amalia erst einmal gemerkt hatte, Nadja mit einem dienstbeflissenen »Jawohl, Frau Hausherrin« aufziehen zu können, machte sie regen Gebrauch davon. Nadja war sich unsicher, ob je in diesen dunklen Mauern so viel gekichert worden war wie an jenem Tag; sie war sich aber sicher, dass es ihr mehr als gut tat.

Am Abend zeigte Amalia ihr noch einige Handgriffe an den alten Öfen, nicht zuletzt, um Wasser kochen zu können und die Schlafzimmer zu beheizen, doch ihre Erkundung mündete dort, wo sie begonnen hatte: in der Eingangshalle.

Sie hatten einen kleinen Weinkeller entdeckt, eine der tief verstaubten Flaschen geöffnet und etwas gefunden, was zumindest näher am Rotwein als am Essig war. So saßen sie nun beide auf einer der Treppen, teilten sich die Flasche und hingen für eine Weile je ihren eigenen Gedanken nach.

»Gedenkst du zu bleiben?«, fragte Amalia schließlich.

»Über Nacht hier im Haus, meinst du?«

»Generell.«

Nadja atmete aus und nahm einen tiefen Schluck aus der Flasche.

»Mein Vater ist ebenfalls vor ein paar Wochen gestorben«, sagte sie schließlich. Unwillkürlich wanderte ihr Blick zum Porträt Henriettes, bevor sie wieder zu Amalia blickte. »Erst stirbt er, und schon da wusste ich gar nicht, was ich nun tun soll. Und dann kommt etwas darauf dieser Brief vom Testamentsverwalter hier. Ich hab erst gar nicht verstanden, dass es um noch ein zweites Erbe geht. Plötzlich besitze ich viel Geld, besitze offenbar ein Anwesen auf einer abgelegenen Insel und ... ja, wenn du mich gerade fragst, vielleicht bleibe ich ja.«

Sie reichte Amalia die Flasche, die ebenfalls trank und Nadja aufmerksam betrachtete. »Freunde? Einen Freund?«

Ein Bild blitzte kurz vor Nadjas innerem Auge auf. Eine Erinnerung an zwei Menschen, umschlossen in inniger Umarmung bei Mondenschein. Sie schüttelte den Kopf.

»Nein«, stieß sie schroffer hervor, als sie wollte. Beschwichtigend ergänzte sie: »Sagen wir einfach, da ist derzeit niemand, der auf mich wartet. Da kann ich ja eigentlich auch genauso gut in Einsamkeit ein vergessenes Herrenhaus verschollener Verwandter renovieren.«

»Kommt überhaupt nicht in Frage.«

»Was meinst du? Denkst du, das kriege ich nicht hin?«

»Nein, ich bitte dich. Den Teil mit der Einsamkeit meine ich«, erklärte sie und reichte ihr mit einem vorsichtigen Lächeln die Flasche zurück, jedoch ohne sie direkt loszulassen. »Das heißt natürlich nur, falls du gerne Gesellschaft hättest.«

6

Niemand wird dort sein

Es war tiefe Nacht, als Nadja hochschrak. Etwas hatte sie geweckt, aber sie war sich selbst nicht sicher, was es gewesen war. Ein Traum vielleicht? Ihr Kopf war schwer und ihre Kehle rau, doch der Anblick der fast leeren Weinflasche auf dem Tisch erinnerte sie daran, woher das wohl kam.

Langsam erhob sie sich von der Ottomane, auf der sie für die Nacht ihre Schlafstätte errichtet hatte, und streckte sich, bis mit leisem Knacken alles wieder an die richtige Position gesprungen zu sein schien. Dann ergriff sie ihr Handy und versuchte, sich zu erinnern, wo das nächstgelegene Badezimmer zu finden war. Sie warf sich ihre Decke über die Schultern und trat den Weg durch das menschenleere Anwesen an.

Nadja hate noch nie in einem derart großen Haus übernachtet, jedenfalls nicht, dass sie sich erinnern konnte. Der Lichtkegel ihres Mobiltelefons reichte nicht in alle Ecken der größeren Räume, und so sah sie zwar, wo sie hintrat, doch schien die Lampe manchmal mehr Schatten als Licht zu werfen. All die kunstvoll geschnitzten Bögen in Raumecken, all der Stuck an den Decken, die Ornamente der Treppengeländer, alles schien nur scharfkantiger abgezeichnet und zugleich tiefer in Dunkelheit gehüllt zu werden durch das kalte, weiße Licht, das sie vor sich hertrug.

In der Eingangshalle fiel ihr Blick dennoch ein weiteres Mal auf das Portait Henriettes. Nadja wurde das Gefühl nicht los, dass der Blick nicht nur streng, sondern geradezu missbilligend auf sie hinabzuschauen schien. Sie blickte einmal an sich selbst herunter, von der übergeworfenen Decke, dem anachronistischen Smartphone und den nackten Beinen herab auf ihre blanken Füße, und konnte sich ein Grinsen nicht verkneifen.

»Sorry Tantchen«, murmelte sie, »keine aristokratische Dame von edlem Anstand mehr hier. Nur ich.«

In der Küche dann spülte sie eines der alten Gläser aus, füllte es erneut und trank es anschließend in einem Zuge leer. Kurz schoss ihr durch den Kopf, dass sie gar nicht wusste, ob das Wasser von Kaltenstein trinkbar war – war da nicht was mit alten Häusern und Bleirohren, fragte sie sich –, aber beschloss, dass ihr das für heute egal war.

Sie wählte nicht den gleichen Weg zurück, sondern schlenderte noch ein wenig durch das Haus – nein, korrigierte sie sich, durch *ihr* Haus. Die Schatten hatten etwas von ihrer Bedrohlichkeit verloren, gerade genug, um noch immer gruselig wie eine Geisterbahn zu sein, und das ganze Haus faszinierte sie weiterhin.

Ihr Weg führte Nadja in ein Zimmer, das ihr bei Tag zwar auch aufgefallen war, das sie aber wie so manchen Raum erst einmal nur zur Kenntnis genommen hatte –

ein Klavierzimmer. Das helle Mondlicht fiel durch die in Nadjas Augen schon absurd verzierten Fensterrahmen und zeichnete so mit den Schatten seltsame Konturen auf den Boden. Wie zackige Finger, die sich zu ihr ausstreckten, fand sie.

Nun schritt sie auf Fußballen über das staubige Stäbchenparkett hin zu dem großen Instrument. Nein, kein Klavier, erkannte sie, ein richtiger Flügel. Sie konnte nur ein kleines bisschen spielen, aber sie wusste von ihrem Vater, dass ihre Mutter wohl begeistert gespielt hatte. Fasziniert entlockte sie den Tasten, von denen sie sich ziemlich sicher war, dass es sich um Elfenbein handelte, ein paar zaghafte Töne. Ein richtiger Flügel – und grässlich verstimmt. Ob jemand im Ort das Instrument würde stimmen können? Dieser Nathan vielleicht, dachte sie bei sich, der ihr anscheinend ohnehin als Schweizer Taschenmesser der örtlichen Handwerksarbeit vorgestellt wurde?

Sie ließ ihren Blick über die schwarz lackierte Oberfläche hinweg zu den großen Fenstern wandern. Sie sah von dort aus geradewegs hinaus in den mondbeleuchteten Statuengarten – und zuckte zusammen.

Zeichneten sich dort im Mondlicht, zwischen all den Engelsstatuen, wo sie die Abbildungen der seltsamen, alten, augenlosen Frauen gesehen hatte, nicht vier Silhouetten ab? Drei Statuen – und eine vierte Person, deren Kleid durchnässt an ihrem Körper zu kleben und zugleich im Wind zu wehen schien?

Instinktiv hob Nadja ihr Handy, um mit der Taschenlampe in Richtung der Gestalt zu leuchten, doch blendete sie sich nur selbst, als das Licht von der teils vor Schmutz matt gewordenen Scheibe direkt in ihr Gesicht reflektiert wurde. Sie kniff die Augen zusammen und blinzelte mehrfach, bevor ihr Blick wieder nach draußen ging.

Dort standen drei Statuen, unbewegt wie eh und je, von der vierten Gestalt keine Spur.

Nadja war versucht, schauen zu gehen, aber das hätte bedeutet, den Schutz ihres verschlossenen Hauses verlassen zu müssen.

Also starrte sie noch eine lange Zeit hinaus in die Dunkelheit der Nacht, auf der Suche nach jedweder Bewegung, die ihr Misstrauen neu entfachen könnte, bis sie schließlich einsah, dass sie sich das gerade wohl einfach eingebildet hatte.

Als sie ihre Ottomane wieder erreicht hatte, rollte sie sich erneut darauf zusammen, gelobte sich, morgen ein richtiges Schlafzimmer zu suchen, schlang die Decke eng um sich und hieß den Schlaf erneut willkommen.

Teil 2

PEMPHREDO

7

GESINDETRAKT

Die nächsten zwei Wochen gingen wie im Flug dahin. Nadja stürzte sich ganz in die Erkundung und Renovierung des Hauses – wobei die ersten Schritte mehr darin bestanden, alle Schränke einmal aufzureißen und einige Möbel in einem kurzen Anflug zu verrücken, nur um sie anschließend doch wieder an den Platz zu schieben, an dem sie zuvor standen. Dennoch: Sie machte Fortschritte.

Sie hatte eines der Schlafzimmer – sie vermutete, dass es das der Hausherrin gewesen war – für sich hergerichtet und war selbst ein wenig über sich erstaunt, als sie am Ende der ersten Woche begann, den Inhalt ihres Seesacks in den Kleiderschrank zu räumen. Nicht, dass sie viel besessen hätte, was da zu räumen war.

Schnell hatte sie erfahren, dass »Kaltenstein« nicht nur der Name ihrer Mutter gewesen war, sondern für die Inselbevölkerung offenbar auch das Gebäude selbst bezeichnete. Generell hatte sie gemerkt, dass das Haus und seine Bewohner hier geradezu synonym waren, und entgegen Amalias Vermutung hatte sie gefühlt nun jeder Seele auf der Insel mindestens einmal mit Engelsgeduld erklärt, dass sie zwar Margarethas Tochter war, aber dennoch Brügge hieße. Kaltenstein war jedoch ein Name, den man hier mit an Ehrfurcht grenzendem Respekt aussprach, weshalb es sie auch nicht wirklich störte. Sie nahm es eher als Spiel.

Generell bemerkte sie, dass sie – gerade wenn sie abends noch einmal allein durch ihr Haus streifte – zunehmend Gefallen daran fand, sich als die Herrin von Kaltenstein zu sehen. Es fühlte sich richtig an für sie; ein Gefühl, als sei sie heimgekehrt an einen Ort, den sie zuvor gar nicht kannte. Morgens, wenn sie dann wieder bei Sonnenschein auf die viele Arbeit blickte, die ihr bevorstand, verflog dieser Gedanke jedoch auch schnell wieder.

Paul war in der Zeit auch noch zwei Male aufgetaucht. Stets darauf bedacht, dass auf jeden Fall jeder sehen konnte, was ein adretter, junger Mann er doch sei. Er hatte beide Male vor ihrem Haus gelehnt, hatte sie mit einem tiefen »Hey« begrüßt und ihr Blicke zugeworfen, die sie mit viel gutem Willen vielleicht noch schelmisch nennen konnte. Beide Male hatte er Baumaterial geliefert, insofern hatte er eine Entschuldigung, aufzukreuzen, jedoch hatte Nadja ihm jeweils im Anschluss auch noch einmal deutlich zu verstehen gegeben, dass er nun auch wieder gehen könne. Im Grunde amüsierte es sie vor allem, wie er versuchte, sich vor »der Neuen« auf der Insel zu inszenieren wie ein Pfau, aber sie hatte wirklich kein Interesse daran, umworben zu werden.

Amalia hingegen war sehr oft da. Einerseits fragte sich Nadja warum. Sie war es aus Städten nicht mal gewohnt, die Namen ihrer direkten Nachbarn zu kennen, und hier war diese fremde Frau, die einfach ohne zu zögern ihre Gesellschaft angeboten hatte. Was auch immer sie bewegte, insgeheim war Nadja durchaus dankbar, denn egal wie kurios Amalia manchmal auf sie wirkte, ohne sie wäre es schwer gewesen, in dem großen, dunklen Haus nicht völlig den Bezug zum Alltag zu verlieren.

Zudem war es ein Segen, dass Amalia wusste, wie man viele der eher alten Gerätschaften bediente, wie man sinnvoll die alten Öfen befeuerte und sogar, wie man darauf einen ganz manierlichen Kaffee gebraut bekam. Falls die Frau insgeheim das eine oder andere Mal über das Stadtkind schmunzelte, das Nadja sicherlich war, dann ließ sie es sich nicht anmerken.

Nathan war das zweite Geschenk des Himmels gewesen. Nadja dachte immer mal wieder bei sich, dass der struppige Mann ein wenig das platonische Ideal eines Handwerkers sein musste: groß und mit gewaltigen Händen, die von Jahrzehnten der Arbeit kündeten, aber zugleich ausgesprochen freundlich und hilfsbereit, wenn man einmal an seiner harten Schale vorbeikam. Er sah einschüchternd aus und fast hätte Nadja ihn gar nicht angesprochen, doch dieser Rübezahl von einem Mann war seither unermüdlich im Einsatz, das Haus wieder gangbar zu machen.

Manchmal, wenn Nadja ihn bei der Arbeit sah, ganz vertieft in dieses oder jenes Problem, erinnerte er sie sehr an ihren Vater. Sie hatte ganz vergessen, wie sie oft als Kind bei ihm gesessen und gespielt hatte, während er irgendetwas baute oder reparierte.

Doch so schön diese Erinnerungen waren, so schmerzhaft waren jene, zu denen sie unweigerlich führten. Der

Anblick ihres Vaters, seltsam unwirklich, mit gefalteten Händen in dem großen Eichensarg. Die Art, wie es irgendwie zugleich natürlich noch immer sein Körper war, aber nicht mehr der Mensch, der ihn ausgefüllt hatte.

Und egal wie sehr sie sich gedanklich wehrte, irgendwie führte sie das stets weiter zu Jonathan. Der Anblick ihres Wohnzimmers im bläulich-weißen Schimmer des Mondlichts, nur wenige Wochen vor dem Zusammenbruch ihres Vaters. Zwei Silhouetten, die sich am Fenster abzeichnen. Schlanke Frauenhände, gekreuzt vor einem entblößten Rücken.

Spätestens an diesem Punkt aber zwang sich Nadja, in die Gegenwart zurückzukehren.

Nathan schien keinerlei Spezialgebiet zu haben. Sie glaubte, dass er in erster Linie Schreiner war, doch er hatte ebenso geholfen, das Dach schon mal wieder provisorisch abzudichten, er hatte die alten Rohrleitungen im Haus geprüft, einen Kamin wieder freigemacht und vermutlich noch mehr, was Nadja gar nicht mitbekommen hatte. Er hatte sich auch den Generator hinter dem Haus mal angeschaut und ihn soweit wieder auf Touren gebracht, sodass sie im Notfall über Strom verfügte. Wobei Nadja es eigentlich ganz wohltuend fand, möglichst wenig Moderne um sich zu haben. Keine Frage, am Ende war das dennoch eine zusätzliche Ebene Sicherheit für sie.

Nathan kam meistens früh und blieb dann über Tag, wenn nichts anderes im Ort seine Aufmerksamkeit verlangte. Sie hatten sich auf einen pauschalen Wochenlohn zuzüglich Materialkosten geeinigt, sodass Nadja, die selbst ohnehin von zu vielem keine Ahnung hatte, ihn weitgehend auch einfach wirken ließ.

Der einzige andere Gast, der ihnen gelegentlich seine Aufwartung machte, war der schwarze Kater, den Nadja bei ihrer Ankunft im Schuppen aufgescheucht hatte. Dieser beschaute sich das Treiben aus seinen aufmerksamen gelben Augen und stolzierte manchmal auf irgendwelchen Mauern, als gehöre all dies ihm und ohne jemandem zu verraten, wie er überhaupt dorthin gelangt war. Amalia scherzte mehrfach, der kleine Kerl könne ja vor Kraft kaum gehen, so wie er sich in Szene setzte. Bei aller Neugier hielt er aber stets seinen Abstand und hüllte sich im Zweifel derart demonstrativ in Desinteresse, wie nur Katzen es können.

Es war ein kühler Nachmittag, an dem Nadja und Amalia sich auf einer Terrasse hinter dem Haus, direkt mit Blick auf den Statuengarten, hingesetzt hatten, um das Geschirr zu reinigen. Es mangelte dem Haus weder an Besteck noch an Tellern und Töpfen, aber teilweise schien der Staub von Jahrzehnten darauf zu lasten. Sie hatten sich gutgelaunt eine alte hölzerne Waschschüssel mit rausgenommen, mit reichlich Wasser und Seife gefüllt und begonnen, einfach nach und nach alles einmal zumindest zu reinigen. Das dampfende, warme Wasser war angenehm als Kontrast zu dem frischen Wetter und es war schön zu sehen, wie unter den dicken Staubschichten teils bemerkenswert kunstvolle Keramik zum Vorschein kam. In kräftigen Blau- und Grüntönen zeigten die Teller nicht all die röhrenden Hirsche und frommen Jägersleute, die Nadja befürchtet hatte, sondern vor allem neutrale Waldszenen: dunkle, tiefe Wälder, scheinbar uralte, verwinkelte Bäume, Lichtungen mit kreisförmig wachsenden Pilzen – Nadja liebte sie schon jetzt.

Es dauerte nicht lange, bis es zu einem ersten »Gefecht« zwischen den beiden Frauen kam, ein Duell, gefochten mit Schaum und hellem Gelächter. Es war nur eine Frage der Zeit, bis der erste Schwamm folgte und mit einem nassen Klatschen Nadjas Nacken traf. Amalia prustete auf eine Weise, die ungewohnt war für die meist so gemessen erscheinende Frau, und wirkte zugleich fast betroffen über das, was sie getan hatte – aber nicht so betroffen wie in dem Moment, als der Schwamm zurückkehrte und auch sie traf.

Es war in diesem Moment, dass Nathan auf die Terrasse trat, mit aller Diskretion eines Kammerdieners. Nadja fühlte sich eigentümlich ertappt und ärgerte sich zugleich darüber, denn sie wusste, dass es keinen Anlass dazu gab. Wenn Nathan einen Gedanken zu dem fröhlichen Geschehen hatte, so ließ er ihn sich ohnehin nicht anmerken.

»Frau Brügge, Frau Nebelung«, sagte er stattdessen und nickte bei jedem Namen andeutungsweise den beiden Frau zu, »wenn Sie mir kurz folgen wollen?«

Er wäre wirklich ein guter Kammerdiener, dachte Nadja bei sich, während sie begann, sich von dem kleinen Falthocker zu erheben, auf dem sie gesessen hatte. Amalia, trotz ihres Kleides zuerst auf den Beinen, half ihr auf, und gemeinsam folgten sie Nathan ins Innere des Hauses.

Nadja schmunzelte vor sich hin.

Der Handwerker bestand darauf, dass sie ihn beim Vornamen nannte, ebenso wie er darauf bestand, dass er sie ›Frau Brügge‹ nennen würde. Auch etwas, dem sie irgendwann mal würde nachgehen müssen.

⁎⁎

Nathan führte sie ins Speisezimmer und zeigte nun doch eine Regung, als sich plötzlich ein diebisches Grinsen sich unter seinem struppigen Bart abzeichnete.

»Was gibt es?«, fragte Nadja, doch der Handwerker trat nur an eine der kunstvollen hölzernen Wandvertäfelungen heran. Er schien noch einmal sicherzugehen, die volle Aufmerksamkeit der beiden Frauen zu haben, und dann presste er eine seiner Pranken gegen die Vertäfelung. Mit einem dumpfen Schaben von Holz auf Holz, das vermutlich vor allem mangelnder Wartung entsprang, schwang die Vertäfelung beiseite und gab den Blick frei auf einen deutlich schlichteren, bisher verborgenen Gang.

Beide Frauen atmeten hörbar überrascht ein und Nathan war sichtlich zufrieden mit der Wirkung seiner Vorführung.

»Was ...?«, brachte Nadja hervor.

»Die Gesindegänge«, erklärte Nathan sichtlich stolz. »Ich war mir sicher, dass das Haus welche haben müsste, aber Hut ab an Ihre Familie, Frau Brügge, selten sind sie so exzellent verborgen.«

Er zückte eine Taschenlampe aus seinem Werkzeuggürtel, die in all der altertümlichen Einrichtung fast wie ein Fremdkörper wirkte, und bedeutete dann, ihm zu folgen.

Es war nicht einfach nur ein Gang. Was Nathan dort offenbart hatte, war ein kleines, aber effizientes Gangsystem, das in den Wänden eine ganze Reihe von Zimmern miteinander verband. Es bot einen Weg von der Küche ins Speisezimmer, aber auch einen Ausgang in den Salon. Mehr noch, eine winzige Treppe, die sich selbst für Nadja eng anfühlte, gab außerdem einen Weg frei herab in die Kellergänge und hinauf zu einigen der Schlafräume.

Sie war zu gleichen Teilen fasziniert und beunruhigt. Das System war brillant: Es ermöglichte dem Personal des Hauses, Tische zu decken, Essen aufzutragen, Betten zu machen und Wäsche zu waschen, ohne jemals Gästen zu begegnen. Oder gar den Herrschaften des Hauses. Zugleich berührte es auf eigentümliche Art und Weise jedes Gefühl von Privatsphäre. Ein vertrauliches Gespräch im Salon? Womöglich stand währenddessen ein Bediensteter schon hinter der Vertäfelung und wartete nur darauf, das Gedeck abzutragen. Und im Schlafzimmer …

Ein Schauer lief ihr über den Nacken und ließ sie frösteln. Sie würde den Kleiderschrank verrücken müssen, dachte sie unangenehm berührt bei sich.

»Das ist … bemerkenswert«, sagte sie schließlich und Nathan nickte.

»Fürwahr«, stimmte Amalia zu.

»Es gibt noch eine Sache, die ich mir für den Schluss aufgehoben habe.«

8

MEMORABILIA

Nathan führte sie zurück in den Hauptgang des Gesindetraktes, vorbei an einigen der Türen bis hin zu einer, die sie bisher während der Begehung nicht geöffnet hatten.

»Die anderen Türen führen, soweit ich das sagen kann, alle in Zimmer, die Sie kennen.« Diesmal konnte er die Tür nicht ganz mit der gleichen Theatralik öffnen, da sie offenbar deutlich stärker klemmte. Sie wirkte auch generell weniger liebevoll gefertigt und deutlich zweckmäßiger als die anderen. »Dies hier scheint eine Art Lagerraum gewesen zu sein.«

Die beiden Frauen blickten an dem Mann vorbei und erkannten, was er meinte. Der kleine Raum – Nadja würde nachher mal schauen müssen, wie der sich in den Wänden des Hauses verbergen konnte – war vollgestellt mit alten Möbeln, aufeinander gestapelten Hockern und mehr. Dennoch war sie sich nicht sicher, ob Nathan Recht hatte. Es gab ein Bett, das zwar auch zweifelsohne ewig nicht benutzt worden war, jedoch bemerkenswert frei war von all den Dingen, die ansonsten jeden Quadratzentimeter des Raumes füllten.

»Wenn Sie gestatten«, erklärte Nathan, nachdem er sichtlich zufrieden einen Moment ihr Staunen genossen hatte, »lasse ich Sie damit allein und schaue einmal, dass ich den Abfluss im Waschkeller wieder durchlässig bekomme.«

Die beiden Frauen nickten und begannen anschließend, das Zimmer näher in Augenschein zu nehmen. Nadja erkannte schnell, dass einige der Möbel hier definitiv den Weg zurück ins bewohnte Haus finden würden. Vieles, was offenbar der Ausschuss des alten Haushalts war, war in ihren Augen eigentlich nicht selten eine wunderhübsche Antiquität, die nur etwas Liebe brauchte.

Auch anderes, oft gar nicht direkt zugänglich, würde sie später noch in Augenschein nehmen können. Da gab es diverse aufeinander gestapelte Pappkisten, ebenso wie eine Reihe in Packpapier eingeschlagene Objekte, die rein von der Form her vermutlich gerahmte Gemälde waren.

»Nadja«, hauchte Amalia und reichte ihr etwas. Zuerst war sie unsicher, was sie dort gefunden hatte, doch dann erkannte sie – Fotos! Einige alte Fotos, in ein dickes Tuch eingeschlagen, wie um sie zu schützen. Sie begann, sie durchzusehen.

Das erste Foto war eine Außenansicht des Hauses, aber vor zweifelsohne langer Zeit. Nicht nur, dass einige der Bäume und nahezu alle Hecken dort noch fehlten, die sepiafarbene Aufnahme mit dem geriffelten Rand alleine sprach schon für das Alter des Fotos.

Das zweite Foto zeigte eine uralte Frau, die Nadja nicht zuordnen konnte. Der Kleidung nach vielleicht im 19. Jahrhundert aufgenommen? Nadja war sich unsicher. Es musste aber auch eine Verwandte sein, befand sie, zu ähnlich waren die Züge der Frau ihren eigenen.

Das dritte Foto hingegen konnte sie zuordnen – dies musste Henriette sein, deren Porträt auch vorne im Haus hing. Allerdings viel jünger als dort, jünger sogar als Nadja heute.

Und dann sah sie das vierte Foto.

Stockte.

Starrte.

Begriff.

Ließ die Fotos fallen und wich zurück, als habe sie sich verbrannt.

Sofort war Amalia zurück an ihrer Seite und setzte sich behutsam mit ihr auf das Bett.

»Was ist es?«, fragte sie. »Was fuhr dir in die Knochen?« Ihr Blick schienen regelrecht in Nadjas Augen zu dringen, sie zu verankern, sie zurückzuholen in diesen schmalen, dunklen Lagerraum.

Nadja beugte sich vor, las die Fotos auf und zeigte Amalia, was sie gefunden hatte. Die junge Frau auf dem vierten Foto glich Nadja auf gespenstische Weise.

»Deine Mutter?«, fragte Amalia. Nadja nickte. Dann griff sie das Foto anders, zeigte den unteren Teil des Bildes, den ihre Hand bisher verborgen hatte. Im Arm jener Frau, Margaretha Kaltenstein, Nadjas Mutter, ruhte ein Kind. Es war offenkundig schon einige Wochen alt und sie schmiegte das Kind an sich, während sie glückselig in die Kamera lächelte.

»Ich weiß nicht, ob ich verstehe«, gab Amalia zu.

»Meine Mutter«, erklärte Nadja mit um Ruhe bemühter Stimme, »starb im Kindbett. Ich habe sie nie gekannt. Ich war ihr einziges Kind. Henriette, ihre einzige Schwester, blieb laut Testamentsverwalter kinderlos. Aber wenn all das stimmt, Amalia, wen zur Hölle hält sie dort auf dem Foto im Arm?«

9

SCHATTEN

Nadja war sich selber nicht sicher, warum ihr Fund sie so sehr erschüttert hatte. Sie hatte von ihrer Mutter nur vereinzelte Geschichten gehört, die ihr Vater an seltenen Tagen erzählt hatte. Eigentlich hatte sie vor Erhalt des Testamentsschreibens nicht mal viel darüber nachgedacht.

Aber nach und nach dämmert ihr, es war nicht wegen ihrer Mutter. Es war wegen ihres Vaters. Wenn das Kind in ihren Armen Nadja war, dann konnte Margaretha Kaltenstein nicht im Kindbett gestorben sein. Wenn es ein anderes war, war Nadja anders, als sie ein Leben lang geglaubt hatte, womöglich kein Einzelkind.

Doch egal, wie die Antwort lautete, am Ende wäre es ihr Vater, der gelogen hätte. Und sie war sich nicht sicher, ob sie es ertragen würde, wenn noch ein Mann sie in ihrem Leben belogen hätte.

Amalia gab sich alle Mühe, ihr Halt und auch Ausweg zu bieten. Vielleicht war es ein anderes Kind, eines von Verwandten oder aus der Nachbarschaft? Doch Nadja merkte, dass auch ihre Argumente halbherzige Versuche waren, dem Offensichtlichen auszuweichen. Dieses Foto war unmöglich. Aber es war nun einmal da.

Nathan verabschiedete sich am späteren Nachmittag von den beiden Frauen, die sich in den Salon zurückgezogen hatten. Wie immer ließ er sich nicht anmerken, wenn die Emotionen der beiden Frauen ihm denn aufgefallen waren, und kündigte nur an, am frühen Morgen wieder da zu sein. Amalia geleitete ihn noch zur Türe und ließ Nadja damit erneut Gelegenheit, sich in all diesen verunsichernden Gedanken zu verlieren.

Doch wie aus dem Nichts war sie dann auch wieder bei ihr und reichte ihr eine dampfende Tasse. Tee, dachte sie zuerst, doch das Rumaroma im Dampf belehrte sie eines besseren. Sie nippte daran und versuchte anschließend tief durchzuatmen, doch stattdessen entfuhr ihrer Kehle ein tiefes, klagendes Seufzen, von dem sie selber nicht gewusst hatte, dass es dort lauerte.

»Möchtest du darüber sprechen?«, fragte Amalia schlicht und nahm in dem Sessel neben ihrem Platz.

»Ist alles eine Lüge?«, entgegnete Nadja. Amalia schwieg, bot ihr die Chance, selber fortzufahren.

Oder nicht.

Nadja atmete durch.

»Weißt du, all das, wie ich darüber rede, vielleicht hier zu bleiben? Dass nichts auf mich wartet?« Amalia nickte nur. »Ich hatte nie viele Freunde. Es fällt mir schwer, Leute an mich heranzulassen. Ich komme gut mit ihnen klar, mit Kollegen, Nachbarn, aber ich lasse sie normalerweise nicht an mich heran. Jonathan war eine Ausnahme. Die klassische, die naive, dumme Märchen-Ausnahme. Die Zufallsbegegnung mit dem einen Moment, in dem Funken fliegen wie in den Büchern. Und es war toll, wirklich. Er war gutherzig, liebevoll, sogar gutaussehend. Alles was man sich wünscht. Wir waren schon zusammengezogen, verlobt, wir hatten über unsere Zukunft gesprochen. Bis ich herausgefunden habe, dass er mich betrügt.«

Sie rang einen Moment nach Worten und Amalia ließ ihr alle Zeit, die sie brauchte.

»Ich hatte sie gesehen. Nicht nur miteinander auf der Straße, ich ... habe sie erwischt. Ich werde den Anblick der beiden im Mondlicht nie vergessen können. Und ich kenne nicht einmal ihren Namen. Er hat dennoch versucht, es zu leugnen. Und als das nicht half, hat er mir plötzlich gedroht. Es war, als sei er auf einmal jemand ganz anderes, als hätte ich ihn nie gekannt.«

Nadja spürte, wie sich Amalias Finger um ihre legten.

»Alles, was wir uns aufbauen wollten, all das war auf Lügen gebaut. Und dann hat man mir gekündigt, aus heiterem Himmel. Ich weiß bis heute nicht wirklich warum. Aber der eine, der mir in der Zeit Halt geboten hat, ebenso wie in all den Jahren zuvor, war mein Vater. Immer war er für mich da, hat mich immer aufgefangen, wenn ich zu fallen drohte. Ich hatte das Gefühl, wann immer ich eine Hand hilfesuchend ausstrecken muss, wird er da sein und sie ergreifen. Und dann hat er, immer kerngesund, plötzlich einen Herzinfarkt und ist einfach tot. Unwiederbringlich fort. Dann aus heiterem Himmel dieses Erbe, dieses Haus, und dann, dann finde ich darin dieses Foto und muss mich fragen, ob er jemals ehrlich zu mir war. Oder ob all das nicht auch nur auf Lügen errichtet wurde. Ich frage mich, ob irgendetwas wirklich ist.«

»Nadja.« Amalias Stimme war fest, mit diesem Ton, der keinen Widerspruch duldete, den sie manchmal beherrschte. »Ich bin hier. Ich bin wahrhaftig. Und du? Du bist es auch!«

»Aber wer bin ich?«

»Das fragen wir uns alle, jeder einzelne auf Erden. Aber wenige haben eine so gute Chance, darauf womöglich eine Antwort zu finden, wie du hier an diesem Ort.«

Sie saßen noch lange schweigend beieinander. Es musste währenddessen Nacht geworden sein, doch Nadja merkte erst nach einer Weile, dass es längst dunkel war. Schließlich erhoben sie sich beide und gingen gemeinsam zur Haustüre. Dort wandte sich Amalia noch einmal zu ihr um und ergriff ihre beiden Hände.

»Wenn du irgendetwas brauchst, dann bin ich da. Wenn du irgendwas suchst, dann finden wir es gemeinsam. Lass uns morgen in den Ort gehen, Fragen stellen. Wir finden deine Antworten.«

Dankbar nickte Nadja. Dann wandte sich Amalia um und verschwand mit ihren schnellen, niemals zaudernden Schritten im Dunkel der Nacht.

Nadja schloss die Haustüre, verriegelte sie, löschte nach und nach alle Lampen im Haus und schritt dann, plötzlich die Erschöpfung des Tages spürend, die teppichbezogenen Stufen hinauf zu den Schlafräumen. Dort machte sie ihren Vorsatz wahr und rückte den wuchtigen Kleiderschrank noch vor die neu entdeckte Tür zum Gesindetrakt.

Ein Klappern im Schrank erweckte dabei ihre Neugierde.

Vorsichtig öffnete sie die schwere, mit Schnitzereien versehene Eichentüre und blickte hinein. Nadja hatte ihre Wäsche gefaltet in den Schrank geräumt. Von den vorigen Besitzern waren nur wenige und vor allem altertümliche Kleidungsstücke geblieben und das Klappern rührte von vielen, leeren Bügeln her, doch ein Stoff fiel ihr dieses Mal ins Auge. Fasziniert zog sie das elegante, weiße Nachtgewand aus edler Spitze hervor und drehte es vorsichtig im Mondlicht, das durch das Fenster fiel. Erstaunlich, dass sie es bisher übersehen hatte. Es hatte ihre Größe, befand sie, und ja, es war altertümlich, aber es musste einmal ein kleines Vermögen wert gewesen sein. Dies hatte ein Schneider angefertigt. Die Arbeit war filigran, vermutlich einst maßgefertigt und Nadja war ein beeindruckt, wie geschickt die Spitze zugleich die Trägerin verhüllte und doch etwas tief Sinnliches an sich hatte. Sie gab ihrem Bauchgefühl schließlich nach, entkleidete sich und zog das Gewand über. Es passte wirklich wie für sie gemacht. Sie drehte sich noch einige Male barfuß auf dem alten Holzboden und bewunderte, wie der Stoff elegant um sie fiel, ja geradezu um sie floss, dann kletterte sie in das gewaltige Himmelbett mit den dicken, bestickten Vorhängen und zog die schwere Bettdecke bis zu ihrem Hals hinauf.

Sie war die Hausherrin von Kaltenstein, dachte sie bei sich, während der Schlaf bereits nach ihr griff. Sie hatte keinen Grund, gering von sich zu denken.

Der Schlaf kam plötzlich und mit ihm der Traum.

Schemen, Schwaden, Wellen, Wogen.

Das Rauschen und Dröhnen von Wasser.

Das kalte Gefühl von blankem Fels auf bloßer Haut.

Der Geruch von Schimmel, Eisen, Moos und Kerzen.

Noch etwas.

Worte. Worte die sie nicht verstand.

Die ihr Verstand womöglich nicht verstehen wollte.

Eine Öffnung im Fels. Oval, länglich.

Schroff und scharfkantig der Weg dorthin.

Eine Öffnung.

Ein Durchgang.

Dahinter –

Nadja schreckte auf. Sie war sich zunächst nicht sicher warum. Sie lag in ihrem Himmelbett, die Laken im Traum zerwühlt. Mondlicht fiel durch das schmale, hohe Fenster hinein und die Streben vor dem Glas zeichneten lange, mystische Schatten auf den Boden.

Unwillkürlich musste sie an ihre erste Nacht in dem Haus denken.

Der Kleiderschrank! Sie schrak empor und sank dann beruhigt nieder – der Schrank war noch vor dem Gesindetrakt, wo er sein sollte.

Und dann hörte sie es. Schritte. Schnelle, dumpfe Schritte. Im Haus. Nathan? Amalia? So sehr sie sich eine einfache und harmlose Auflösung ersehnte, ergab doch beides keinen Sinn.

Sie ging ihre Optionen durch. Sie konnte einfach hierbleiben, abwarten und hoffen. Aber dies war ihr Haus und sie hatte nicht vor, sich einschüchtern zu lassen.

Sie konnte niemanden rufen – kein Telefon im Zimmer, kein Handyempfang.

Also war sie auf sich gestellt. Sie schwang sich aus dem Bett und ergriff vorsichtig einen der Schürhaken, die neben dem Kamin hingen. Es erschien ihr fast albern, wie klischeehaft es war. Dann öffnete sie leise die Türe und lauschte erneut.

Da waren sie wieder. Schritte. Nur einen Flur weiter.

Sie huschte herüber, achtete drauf, mit ihren nackten Füßen auf den Teppich zu treten. Die Schritte kamen näher. Dann atmete sie noch einmal durch – erkannte unterbewusst wie dumm es war, was sie tat, aber verdrängte diese Stimme der Vernunft – und fuhr um die Ecke, als die Schritte sie dort passierten.

»Hey!«, rief sie und schwang den Schürhaken. Aber sie hatte sich verschätzt und die Gestalt huschte an ihr vorbei.

Sie konnte nicht erkennen, wer es war. Die Gestalt war in eine dunkle Robe gehüllt, das Gesicht entweder zusätzlich verhüllt oder einfach im Schatten der wallenden Kapuze verborgen. Es waren Zeichen auf die Robe genäht, das erkannte Nadja noch, konnte sie aber in dem kurzen Moment nicht ausmachen.

Die Gestalt floh. Nadja setzte ihr nach.

Mit wehendem Gewand rauschte die fremde Gestalt den Flur herab, nahm dann die letzte Kurve zur großen Treppe in der Eingangshalle. Das gab Nadja eine zweite Chance mit dem Schürhaken zuzuschlagen, doch war sie erneut zu langsam. Der Hieb enthauptete einen der Eckpfeiler des Treppengeländers und beinahe wäre Nadja dem herabpolternden Holzknauf gefolgt, doch konnte sie ihren Schwung auf dem glatten, hölzernen Boden gerade noch bremsen. Inzwischen war die Gestalt schon fast am Fuß der Treppe.

Erneut setzte ihr Nadja nach, zwei Stufen, dann drei Stufen hintereinander, und versuchte, den verlorenen Boden wieder gutzumachen. Die Gestalt bog scharf in Richtung Küche ab und war schon durch den offenen Durchgang verschwunden, als Nadja die Treppe hinter sich ließ.

Ohne zu zögern setzte sie ihr weiter nach und folgte in die Küche – und dann verwandelte sich alles um sie herum in Lärm und Schmerz.

Sie war nicht bewusstlos geworden. Doch als die Gestalt ihr, offenbar aus dem toten Winkel des Durchgangs, mit der schweren, gußeisernen Pfanne einen Schlag in den Rücken versetzt hatte, war sie dennoch zu Boden gegangen. Sie erinnerte sich an Versatzstücke.

Das Scheppern der Pfanne.

Das unangenehme Quietschen und Brennen ihrer Haut auf den Fliesen.

Schmerz. Das unfassbare Zehren ihres Körpers nach Luft, die ihr der Aufprall aus der Lunge getrieben hatte und die einfach nicht dorthin zurückkehren wollte. Die Kälte des Bodens.

Als sie wieder Herrin ihrer Sinne war, war die Gestalt verschwunden. Stille hatte sich über das Haus gelegt.

Der Schürhaken war noch da, dort wo er neben ihr zu Boden gegangen war.

Langsam kroch die Erkenntnis in Nadjas Gedanken, dass die Gestalt ihr weiter nichts getan hatte. Sie wäre in dem Moment wehrlos gewesen. Doch die Gestalt war einfach nur geflohen.

Sie raffte sich auf, überprüfte die Haustüre. Sie stand sperrangelweit offen.

Hatte sie auch schon offen gestanden, als Nadja die Gestalt verfolgt hatte? Sie konnte sich nicht erinnern. Wenn ja, warum war sie dann in die Küche geflohen und nicht direkt heraus? Nur für den Hinterhalt?

Oder war sie da noch verschlossen gewesen?

Und wenn sie das war – wie war die Gestalt dann ins Haus gelangt?

Nach einer letzten, angespannten Kontrollrunde mit Schürhaken und Öllampe kehrte Nadja in ihr Zimmer zurück. Sie überprüfte erneut den Kleiderschrank, verriegelte dann auch die Zimmertüre und rollte sich, geschunden und erschöpft, erneut auf dem Bett zusammen.

10

AHNENFORSCHUNG

Es gab eine Menge schlimmer Fragen, die Amalia hätte stellen können, als sie am nächsten Morgen wieder am Haus eintraf.

›Bist du wirklich sicher, dass du jemanden im Haus gesehen hast?‹

›Wie sollte jemand denn überhaupt ins Haus gelangt sein?‹

›Hast du das alles vielleicht nur geträumt?‹

Amalia stellte keine davon. Stattdessen machte sie eine Reihe konkreter Vorschläge, wie sie das Haus am Abend besser würden verbarrikadieren können, wenn Nadja wollte. Einige davon, sagte sie, könnten sie Nathan direkt antragen, wenn der einträfe, dann könne er sich schon ans Werk machen, während sie sich im Ort wegen Nadjas Mutter umhörten.

Aber Nathan traf nicht ein.

Normalerweise war er spätestens gegen acht Uhr vor Ort, doch auch gegen halb neun, neun und halb zehn war er noch nicht dort. Der kühle, aber ruhige Morgen, dessen tief stehende Sonne goldene Konturen um alle Silhouetten vor dem Fenster zeichnete, konnte das Unwohlsein nicht ausgleichen, das beide Frauen unausgesprochen langsam erfüllte. Dass sich am Horizont schließlich bereits wieder dichte Wolken ankündigten, schien hingegen dann nur Ausdruck ihres Gemüts zu sein.

»Vielleicht hat ihn ja etwas aufgehalten?«, fragte Amalia schließlich.

»Vielleicht.«

»Wenn er auf dem Weg nach hier ist, muss er uns ja ohnehin auf dem Waldweg entgegenkommen, wenn wir in den Ort gehen. Dann können wir dann mit ihm sprechen.«

Nadja schwieg.

»Denkst du etwa, er könnte vielleicht diese Nacht ...?«

Nadja hatte darüber nachgedacht. Es war nicht ihr erster Gedanke gewesen, aber irgendwann hatte er sich in ihren Kopf gestohlen und versucht, sich dort ein Nest zu bereiten. Aber es ergab für sie keinen Sinn. Sicherlich, er war zweifelsohne kräftig genug, sie mit einer Pfanne niederzustrecken. Aber irgendwie konnte sie sich nicht vorstellen, wie der wuchtige Handwerker so behänd mit wehender Verkleidung durch die nächtlichen Gänge lief. Und überhaupt – warum sollte er?

»Nein«, sagte sie schließlich. »Gehen wir.«

Wenn man auf der Insel eine Information brauche, hatte Amalia gesagt, sei Editha immer der richtige Ort, um anzufangen. Nadja widersprach nicht; sie war schon an ihrem ersten Tag zu einem ähnlichen Eindruck gelangt.

Der ungewöhnlich schöne Morgen war längst zu einem kalten, regnerischen Tag herangewachsen, und die Mischung aus Feuchtigkeit und Wind war so unangenehm, dass Nadja umso glücklicher war, von der läutenden Glocke begleitet wieder in den kleinen Dorfladen zu treten. Es war – wie eigentlich bei jedem ihrer Besuche in den letzten zwei Wochen – niemand außer der Krämersfrau zugegen.

»Ah«, frohlockte sie, »die junge Frau Kal... Brügge! Und Frau Nebelung. Einen wundervollen guten Morgen!«

Nadja fragte sich, ob die Bewohner vor Ort irgendwann damit aufhören würden, sie zuerst beim Namen ihrer Mutter anzureden, aber vermutlich waren neue Nachnamen in der kleinen Inselgemeinschaft so selten, dass in ihrem Fall, wo sie ja auch noch einer der hiesigen Familien entstammte, diese Unsicherheit nachvollziehbar war. Während sie noch in diesen Gedanken verloren war, ergriff Amalia das Wort:

»Auch Ihnen einen wundervollen guten Morgen, liebste Editha«, sagte sie in ihrer üblichen, leicht distanzierten Art. »Sagen Sie, angenommen es würde uns danach bestreben, mehr über die Vergangenheit des Anwesens der lieben Nadja zu erfahren, an wen könnten wir uns denn wenden?«

Nadja riss ihre Blick von Amalia los und schaute nun auch neugierig zur Krämerin.

»Oh, viele sind es ja nicht mehr, die wirklich Fuß in das Haus gesetzt haben. Ihre Tante«, ergänzte Editha, an Nadja gewandt, »war in ihren letzten Jahren ja eine recht einsame Seele geworden.«

»Wahrlich«, stimmte Amalia zu, »ich selbst war ja auch so gut wie nie dort. Und nie darin.«

»Ich bin sicher, Sie könnten Ihre Frau Mutter dazu befragen. Die Frau Emilia hatte ja stets einen guten Draht zur Familie Kaltenstein.«

»Emilia?«, schmunzelte Nadja leise. »Deine Mutter heißt Emilia, Amalia?«

Amalia schenkte ihr ein schwer zu deutendes Lächeln, ging aber sonst darüber hinweg: »Selbstredend werden wir Frau Mutter dazu befragen, aber gibt es nicht vielleicht noch jemanden?«

»Sie könnten«, sagte Editha schließlich mit Bedacht, »mit der alten Rosalie Parsen sprechen.«

»Wer ist Rosalie Parsen?«, fragte Nadja.

»Oh, die gute Rosalie war eine geraume Zeit die Haushälterin Ihrer Familie«, erklärte Editha und Nadja bemerkte, dass auch Amalia davon überrascht schien. »Bis zu der Sache mit ihrem Heinrich.«

»Heinrich Parsen war ihr Mann«, erklärte Amalia, »aber er ist eines Tages verschwunden. Von einem auf den anderen Tag. Manche sagen, er habe sich das Leben genommen und sei in den See gegangen. Einige sagen, er sei davongelaufen und habe sich jenseits der Wasser ein neues Leben aufgebaut. So genau weiß es keiner, aber Rosalie ist seither nicht mehr sie selbst. Mir war aber nicht klar, dass sie im Hause Kaltenstein gearbeitet hat.«

»Oh, sie und ihr Mann!«, betonte Editha. »Er war Gärtner auf dem Anwesen.«

Nadja bemerkte, wie die kleine, gescheckte Katze auf dem Regal erstmals ihren Kopf hob und sie anschaute. Dann gähnte sie, leckte halbherzig über eine Pfote und bettete ihren Kopf wieder darauf.

»Danke«, sagte Nadja schließlich, »dann sprechen wir mal mit ihr.«

***

Rosalies Heim war – wie fast alles auf der Insel – nicht weit von der Dorfmitte entfernt, aber das Wetter machte den Weg dennoch ungemütlich.

»Findest du das nicht seltsam?«, fragte Nadja schließlich, als sie gefühlt weit genug von dem Laden entfernt waren.

»Was meinst du?«

»Heinrich, der Gärtner der Kaltensteins, verschwindet spurlos. Mein Vater verlässt nach dem Tod meiner Mutter diese Insel und sorgt dafür, dass ich keinerlei Kontakt nach hier bekomme. Lebt dein Vater auf der Insel?«

»Mein Vater verstarb, als ich noch ein Kind war«, sagte Amalia leise und blieb stehen, um Nadja anzuschauen. »Eine Lungenentzündung hat ihn uns genommen.«

»Findest du nicht, dass das eine relativ hohe Quote ist? Hat Editha einen Mann?«

»Nicht dass ich mich erinnern könnte. Aber es ist ja nicht so, als wenn es keine Männer auf der Insel gäbe, Nadja. Paul zum Beispiel, den kennst du doch sogar selbst.«

»Paul?« Nadja musste ein Kichern unterdrücken. »Zugegeben, ja. Auch wenn ›Mann‹ ein großes Wort ist für ihn.«

»Dann nimm Nathan.«

»Der heute morgen nicht aufgetaucht ist«, antwortete sie unheilschwanger, unschlüssig wie ernst sie das gerade meinte. Eine besonders kräftige Bö erfasste die beiden Frauen, und Nadja fuhr fröstelnd zusammen.

»Ich bin sicher, er hatte nur etwas anderes vorher zu erledigen«, beschwichtigte Amalia sie. »Vielleicht ein Rohrbruch irgendwo im Ort, oder ein Stromausfall.«

Nadja nickte widerstrebend und rieb sich die kühlen Arme unter ihrer Jacke.

Plötzlich hakte Amalia sich bei ihr unter, drückte sie enger an sich und ihren altmodischen, hochgeschlossenen Lodenmantel. »Komm«, sagte sie und zog sie weiter.

Das Haus lag etwas abseits, aber noch in Sichtweite des Ortes. Es musste einst einen imposanten Vorgarten gehabt haben – kein Wunder, wenn Rosalies Mann Gärtner gewesen war – doch heute war das ganze Grundstück völlig verwildert. Rosenbüsche und andere Zierpflanzen erinnerten zwar noch daran, dass hier jemand mit einem Plan zugange gewesen war, aber das machte den Kontrast nur noch stärker.

Der gekieste Pfad zur Haustüre zeigte ebenfalls überall Disteln und andere Wildkräuter, die sich zwischen den Steinen ihren Weg bahnten, und ein kleiner Jägerzaun, der ihn einst gesäumt hatte, war morsch und teils in sich zusammengesunken.

Wie das Haus, dachte Nadja bei sich. Die kleine, gedrungene Bleibe war aus Holz errichtet und neigte sich inzwischen deutlich zu einer Seite hin. Sie hatte in den letzten Wochen begonnen, für manche Dinge einen ganz neuen Blick zu entwickeln, und dieses Dach, befand sie, war definitiv auch nicht mehr dicht.

Flackerndes Licht drang aus dem Inneren, was nicht verwunderlich war, so trist und trüb sich der wolkenverhangene Tag doch gab. Als Nadja sich an der Türe noch einmal umdrehte, sah sie, dass man von hier einen guten Blick hinaus auf den See hatte, und der Himmel schien sogar nur immer dunkler zu werden.

Amalia riss sie erneut aus ihren Gedanken, als sie den Türklopfer mehrfach pochend niederschlagen ließ. Erst jetzt lösten sie sich von einander und nickten sich noch einmal aufmunternd zu.

Es dauerte einen langen Augenblick, bis von drinnen etwas zu vernehmen war.

Dann hörten sie Schritte, Gemurmel und schließlich lautstark, wie ein Riegel gelöst wurde. Die Tür schwang auf und gab den Blick frei auf eine Frau unschätzbaren Alters. Sie war hochgewachsen, aber ihre Haltung ließ sie kleiner erscheinen. Nadja wusste nicht warum, aber etwas an ihr vermittelte den Eindruck von vergangenem, gebrochnem Stolz. Amalia hatte sie zuvor noch einmal gewarnt, dass Rosalie seit dem Verlust ihres Mannes oft verwirrt sei. Vielleicht Demenz oder Alzheimer, so wie sie es beschrieb.

Doch als die Frau – und es musste Rosalie sein – sie anblickte, hellten sich ihre Züge voller Verwunderung auf.

»Frau Kaltenstein!«, eiferte sie. »Margaretha Kaltenstein, Sie ... Sie leben?«

»Entschuldigen Sie, Frau Parsen. Ich bin nicht Margaretha, ich bin ihre Tochter Nadja.«

»Die kleine Nadeschda! Zurückgekehrt! O welch Tag der Freude! Kommen Sie herein! Herein!«

Nadeschda?

⁂

Sie nahmen gemeinsam im Wohnzimmer des kleinen Hauses Platz. Rosalie bestand darauf, ihnen Tee zu servieren, was den beiden Besucherinnen angesichts des Wetters nur willkommen war. Es gab ihnen zudem Zeit, sich in dem Raum umzuschauen, während sie gemeinsam auf einem schmalen Sofa Platz nahmen. Die Einrichtung war schlicht und, anders als der Garten, sehr gepflegt. Und sehr alt. Ebenso wie in Nadjas neuem Heim schien das Licht noch durch Kerzen und Laternen gespendet zu werden, und geheizt wurde augenscheinlich über einen kleinen Kamin mit bemerkenswert kunstvoller Takenplatte, in dem es auch gerade hörbar loderte. Ein Wunder, dachte sich Nadja amüsiert, dass es überhaupt noch Bäume auf der kleinen Insel gab, so wie hier alle heizten.

»Die Leute im Ort versorgen Rosalie schon seit Jahren mit allem, was nötig ist«, flüsterte Amalia ihr ins Ohr. »Feuerholz, Speisen, Kleidung.«

Als Rosalie letztlich mit einem Teeservice zurückkehrte, war Nadja zunächst verzückt von dem scheinbar ebenfalls antiken Gedeck, dann aber auch von dem leicht süßlichen Geruch, der aus der Kanne aufstieg. Die alte Dame goss den beiden Frauen mit leichtem Zittern ein und setzte sich anschließend ihnen gegenüber in einen kleinen Sessel, aber gemeinsam mit dem Duft des Tees breitete sich ein unangenehmes Schweigen im Raum aus.

»Wir hatten gehofft«, sagte Nadja schließlich, »dass Sie uns ein wenig über das Haus erzählen könnten.«

»Ah, das Haus ...«, begann Rosalie und verlor sich dann scheinbar für einen Moment, den Blick in die Ferne gerichtet. »Es ist ein dunkler Ort.«

»Sie meinen wegen der Fenster?«, fragte Nadja unschlüssig.

»Nein! Nein! Es ist ein dunkler Ort, besonders wenn es still darin ist. Nachts, wenn die Wasser wogen. Sie sind dort allein.«

»Ja, ja ich lebe dort jetzt allein«, antwortete Nadja, unsicher, ob dieser letzte Satz überhaupt eine Frage gewesen war.

»Oh, du darfst es dem Haus nicht übelnehmen«, fuhr die alte Dame fort. »Es kann nichts dafür. Egal, wie stolz und aufrecht, gesegnet und rein die Mauern eines Bauwerks sind, es kann nicht ewig Widerstand leisten. Sie sind da wie Menschen. Zu Beginn rein, aber mit den Jahren kriecht die Fäulnis in jedes Herz. Bei all dem Leid und Übel, das dieses Haus gesehen hat, es konnte nicht anders, als zu verderben.«

»Frau Parsen, sprechen Sie von dem, was mit Heinrich geschah?«, fragte Amalia, aber es war, als nähme die ehemalige Haushälterin einzig Nadja wirklich wahr. Wonach die alte Frau auch zu suchen schien, sie wirkte enttäuscht von dem, was sie letztlich vorfand. Unsicher wandte Nadja ihren Blick ab.

»Es ist wie mit allem«, murmelte Rosalie und blickte durch eines ihrer Fenster hinaus in den Garten. »Eine Enttäuschung. Man kann den Baum nicht entwurzeln und erwarten, dass seine Krone dennoch stolz Blätter tragen wird, nicht wahr? Es ist mit dieser Insel nicht anders.«

»Ich weiß nahezu nichts über diese Insel oder die Geschichte des Hauses«, erklärte Nadja bedächtig, wie um sicherzugehen, dass die Frau der Bedeutung ihrer Worte folgen konnte. Als hoffe sie, Rosalie aus jenen Gedanken zurückzuleiten, in denen sie sich offenbar verloren hatte. »Mir war bis vor kurzem gar nicht klar, dass es all dies hier gibt. Mein Vater hat nie über die Zeit hier gesprochen, nachdem er die Insel verlassen hat.«

Irgendetwas geschah mit Rosalie bei diesen Worten. Die Teetasse zitterte leicht in ihrer Hand und verursachte klappernde Geräusche auf dem Unterteller, den sie darunter hielt. Flüssigkeit schwappte über den feinen Rand der dünnen Keramik. Rosalies Augen wurden starr, streng, nun wieder vollends fokussiert. »Dein Vater«, fauchte sie regelrecht, »hat diese Insel nie verlassen! Sprich nicht so ungebührlich über deine Ahnen!«

Nadja und Amalia wechselten einen Blick, doch es war klar, dass dieser Ausbruch sie beide überrascht hatte. Die Tasse zitterte weiter in Rosalies Hand, klapperte lauter.

»Warum bist du wiedergekehrt, Nadeschda?«, keifte sie. Der Name, den sie kurz zuvor so verzückt gesprochen hatte, troff nun voller Verachtung von ihren Lippen. »Ist hier nicht schon genug geschehen? Hatten wir nicht genug gegeben? Wurde der alte Bund nicht schon genug entweiht?«

»Wir wissen nicht, wovon Sie reden«, versuchte Amalia es erneut, und diesmal ruckte der Blick der alten Dame zu ihr herüber.

»Elisheba!«, blaffte sie, und Speichelfäden flogen aus ihrem Mund.

Mit einem hellen Klirren zerbarst ihre Teetasse.

Und dann erneut: »Elisheba! Geht! Geht, und geht für immer!«

11

MATER MEA

Kurz darauf waren die beiden Frauen mit zügigen Schritten auf dem Weg zurück in den Ort.

»Was war das denn?!«, entfuhr es Nadja.

»Ich weiß es nicht, ich weiß es wirklich nicht!«, antwortete Amalia und drückte Nadjas eingehakten Arm eng an sich, wie zur Bekräftigung. »Die alte Rosalie ist schon seit Jahren verwirrt, aber ich habe noch nie gehört, dass sie laut oder aggressiv geworden wäre.«

»Vielleicht, weil wir Heinrich angesprochen haben?«

»Womöglich.«

Die beiden wurden erst langsamer, als sie wieder auf Höhe der ersten Häuser des Ortes waren.

»Alles in Ordnung?«, fragte Amalia dann und suchte Nadjas Blick. Die nickte, wenngleich sie es sich selbst nicht recht glaubte.

»Warum hat sie mich Nadeschda genannt? Was bedeutet Elisheba?«

»Gehen wir zu meiner Mutter«, schlug Amalia vor. »Meine Mutter kann zwar sehr streng sein, ist aber bei Trost.«

✳

Nadja wurde das Gefühl nicht los, dass man ihnen folgte, während sie erneut durch das Dorf spazierten. Immer wieder versuchte sie, unauffällig über ihre Schulter zu lugen, doch niemals konnte sie jemanden entdecken. Sie fragte sich, ob sie paranoid wurde – aber sie war gestern in ihrem Haus überfallen worden. Wobei ... war sie das?

Sie hatte jemanden in ihrem Haus überrascht, ja. Einen Eindringling. Aber sie war auch sofort mit dem Schürhaken auf ihn losgegangen. Und was hatte er dort überhaupt gewollt? War er ein Dieb? Vielleicht nur ein Obdachloser, der das leerstehende Haus in den letzten Monaten als willkommenes Dach über dem Kopf genutzt hatte? Aber wie hätte ihr das all die Zeit, die sie schon da war, entgehen können?

Der Gesindebereich vielleicht? Aber Obdachlose trugen keine Roben mit okkulten Symbolen. Außerdem: Konnte es auf dieser kleinen Insel einen Obdachlosen geben – gerade wenn man sich anschaute, wie der Ort scheinbar für Rosalie Parsen sorgte?

Bei dem Gedanken an Rosalie drehte sich Nadja erneut um und ließ den Blick über den Ort schweifen. Nichts.

Der Wohnort der Familie Nebelung war weniger imposant als Kaltenstein, aber auch dieses Bauwerk konnte man guten Gewissens als Herrenhaus oder Anwesen bezeichnen. Es war kleiner als Kaltenstein, aber es wirkte noch verwinkelter, irgendwie gedrungener. Das Haus schmiegte sich an einen der bewaldeten Hänge, ebenfalls ein wenig abseits, jedoch nahezu in Sichtweite des Dorfes.

Nadja bewunderte einmal mehr, wie viele dieser Häuser außerhalb des Ortes es hier zu geben schien, gerade wenn man bedachte, wie wenig Leute insgesamt auf der Insel lebten. Offenbar schätzten viele Familien vor Ort vor allem ihre Privatsphäre – und das wiederum war etwas, was Nadja nur zu gut verstand.

Amalia hakte sich dieses Mal schon bei Betreten des eigentlichen Grundstücks bei ihr aus und nestelte aus irgendeiner verborgenen Tasche ihrer Kleidung den Schlüssel hervor, noch bevor sie die kleinen Stufen herauf zur Haustüre erreichten. Auch hier schienen es eher altertümliche Schlüssel zu sein, die in dem Schloss einen Riegel mit einem durchaus befriedigenden Klacken bewegten und damit den Eintritt in das Haus freigaben.

Schon im Eingangsbereich wirkte es wie die kleinere Version der gleichen Idee, auf der Kaltenstein fußte. Die Haustüre gab direkt den Weg preis ins Vestibül, wobei es hier mehr ein Raum war als eine Halle. Eine Treppe hinauf in den ersten Stock gab es auch, aber es war eben einfach die Treppe eines Wohnhauses, nicht das elaborierte, an zwei Seiten hochragende Konstrukt in Nadjas Anwesen. Beiden Orten gemein war aber eine Vorliebe für dunkle Holzvertäfelung, was Amalias Elternhaus jedoch mit seinen niedrigeren Decken und kleineren Fenstern einen geradezu bedrängenden Eindruck verlieh.

All das wich allerdings aus Nadjas Gedanken, als sie die Person sah, die nun eben jene Treppe herunterschnitt. Emilia Nebelung hätte von ihrer Haltung her eine Gräfin oder Fürstin sein können. Eine Königin, rein von ihrer autoritären Ausstrahlung. Sie schien die Vorliebe für schwarze, etwas altertümliche Kleidung ihrer Tochter zu teilen, und Nadja erkannte schnell, woher Amalia Positur und Körpersprache hatte.

Emilias Gesichtszüge waren erkennbar alt, aber nichts an ihrem Ausdruck passte sonst dazu. Ihre Bewegungen waren fließend, kraftvoll, elegant – und auch das breite Lächeln in ihrem Gesicht wirkte weit jünger als die mindestens 65 Lebensjahre, die Nadja ausgehend vom Alter ihrer eigenen Eltern schätzte.

»Nadja«, verkündete Emilia nun salbungsvoll und breitete die Arme aus, »das verlorene Kind von Kaltenstein hat seinen Weg heimgefunden.«

Nadja näherte sich, ein bisschen unschlüssig, ob es nun auf eine Umarmung oder einen Handschlag hinauslaufen würde, und zugleich von einem inneren Instinkt erfüllt, dass vermutlich eher ein Knicks oder eine Verbeugung angebracht wäre. Emilia nahm ihr die Entscheidung ab und legte die Arme nicht um sie, sondern schloss Nadjas Gesicht in ihre kühlen Finger und bestaunte sie, als habe sie einen seltenen Edelstein gefunden.

»Die Augen ihrer Mutter«, sagte sie schließlich voller Stolz, und Nadja fragte sich, ob Emilia die Worte zu ihr, zu Amalia oder zu sich selbst gesprochen hatte. Dann, von einem Moment auf den anderen waren die Finger fort aus ihrem Gesicht, und Emilia wandte sich um, mit der Gewissheit eines Menschen, der wusste, dass man folgen würde.

»Kommt.«

Nadja wandte sich zu Amalia um und realisierte erst jetzt, wie viel Abstand sie ihr gelassen hatte. Amalia nickte ihr lächelnd zu und gemeinsam eilten beide Frauen der Hausherrin nach, hinein in einen kleinen Salon. Erneut wartete offenbar Tee auf sie, erkannte Nadja, wobei hier bereits alles fachmännisch gedeckt und vorbereitet war.

»Hattest du uns angekündigt?«, raunte sie leise Amalia zu, die jedoch den Kopf schüttelte.

Gemeinsam nahmen sie dort Platz. Erneut musterte Emilia sie, offenbar sehr angetan von dem, was sie sah. Unwillkürlich dachte Nadja zurück an Rosalies missbilligende Betrachtung und fühlte sich langsam doch unwohl dabei, dass sie heute scheinbar jeder wie Ware auf dem Viehmarkt abzumessen schien.

»Der Mutter wie aus dem Gesicht geschnitten«, befand Emilia, nahm ihre Tasse und bedeutete den anderen, sich auch zu bedienen.

»Das habe ich schon öfter gehört«, gab Nadja zu, »aber ich kenne meine Mutter ja nur von einigen Fotos. Sie verstarb ja bereits bei meiner Geburt.«

Neugierig beäugte sie Emilia und dachte an das seltsame Foto ihrer Mutter mit einem Kind, doch wenn die ältere Dame von dem Kommentar irgendwie überrascht war, ließ sie sich nichts anmerken.

»Offengestanden weiß ich ja nahezu nichts über diesen Ort, oder die Familie meiner Mutter«, fuhr sie fort. »Ich war ja noch ein Kleinkind, als mein Vater mich mitnahm von hier.«

»Oh!«, entfuhr es Emilia nun, ein Laut der Empörung schien es. »Ja! Ja, das war in der Tat eine große Tragödie.«

»Dass er sie mitnahm, Frau Mutter?«, fragte Amalia vorsichtig – die ersten Worte, die sie hier gesprochen hatte.

»Nun, es war natürlich gut, dass er die junge Nadja in Obhut nahm«, erklärte Emilia. »Aber das alles, insgesamt, war eine Tragödie. Eine so junge Frau, so sehr mitten im Leben und so voller Potenzial, einfach aus der Welt gerissen und uns allen genommen.«

»Sie waren gut mit der Familie meiner Mutter befreundet, nicht?«, fragte Nadja weiter.

»Oh ja, das war ich. Mit deiner Mutter ebenso wie mit deiner Tante Henriette. Wundervolle Menschen waren das, aber das ist kein Wunder, deine Familie war schon immer ein Segen für die Insel.«

»War sie das?«, wunderte sich Nadja, noch bevor sie begriff, dass sie es laut ausgesprochen hatte.

»Bar jeden Zweifels. Sie war eine der drei Gründerfamilien hier auf der Insel, irgendwann im 19. Jahrhundert, so ganz genau wissen wir es nicht. Das muss deine Urururgroßmutter gewesen sein, die damals zuerst nach hier kam. Einsam und schwanger, wie man sagt, fand sie ihren Weg nach hier, um sich ein eigenes Leben aufzubauen. Und was soll man sagen? Den Leuten auf der Insel ist es seither nie schlecht ergangen.«

»Wissen Sie, woher sie kam?«

»Nicht so genau, fürchte ich. Henriette hatte das auch mal versucht, genauer herauszufinden, aber ihre Spur verlief sich irgendwo an der Grenze zu Belgien, glaube ich. Aber wichtig ist auch vielmehr, was für eine wundervolle Gemeinschaft hier geschaffen wurde. Wir sorgen uns hier noch umeinander, sorgen füreinander. Ich bin so erfreut, dass meine Tochter und du euch direkt so gut verstanden habt. Und ich glaube, der junge Paul Castor hat dir auch bereits seine Aufwartung gemacht?«

Die Frage traf sie unvermittelt, aber Nadja hatte nicht vor, über Paul zu reden. Unwillkürlich wurde ihr bewusst, wie viel distanzierter und reservierter Amalia sich gerade gab, und irgendetwas Unausgesprochenes an dem Gedanken ließ Nadjas Wangen glühen. Sie zwang sich, ihre Aufmerksamkeit wieder auf das Gespräch zu richten.

»Und die anderen Familien?«, hakte sie nach.

»Oh, zum einen wir, nicht wahr, Tochter? Die Nebelungs sind auch bereits Teil der Insel, seit Menschen hier wohnen.« Amalia nickte und wirkte nun aufmerksamer als zuvor. »Die andere Gründerfamilie waren die Dornholds, aber ich fürchte diese Linie ist auf der Insel erloschen. Der letzte Dornhold starb, ach, da war Amalia auch gerade erst geboren.«

Amalia schien, als wolle sie etwas fragen, aber ein Blick ihrer Mutter ließ sie schweigen.

»Sag, Kind«, fragte Emilia stattdessen, »hast du Nadja schon einmal an das Grab ihrer Mutter geleitet?«

»Nein, Frau Mutter, das habe ich noch nicht.«

»Ich hatte aber auch nicht darum gebeten«, warf Nadja ein.

»Findest du nicht«, sprach Emilia unbeirrt zu ihrer Tochter, »dass Sie ihrer Mutter die letzte Ehre erweisen sollte?«

»Doch, natürlich Frau Mutter.«

»Dann habt ihr ja gleich noch ein weiteres Ziel«, erklärte sie lächelnd, als sei damit alles wieder in Ordnung. Nadja ahnte, was Amalia gemeint hatte als sie sagte, ihre Mutter könne streng sein. Das konnte auch keine einfache Kindheit hier gewesen sein.

Sie unterhielten sich danach noch einen Moment weiter, bis die Teetassen geleert waren. Nadja erzählte auf Emilias Bitten hin ein wenig von ihrem bisherigen Leben in der Stadt und wie anders sich die ruhigen Tage hier anfühlten, aber ihr war klar, dass all dies Höflichkeiten waren. Weder Amalia noch Nadja stellten weitere Fragen, die mit der Familie oder dem Haus Kaltenstein zu tun hatten. Nadja hätte nicht sagen können warum, aber irgendetwas an Emilia machte ihr klar, dass das Thema beendet war. Zumindest für heute.

Immerhin – der Friedhof war eine gute Chance, vielleicht noch etwas mehr zu erfahren. Schließlich, dachte Nadja bitter bei sich, sollten auch unbekannte Verwandte, verlorene Geschwister und eventuelle Ehepartner inzwischen alle dort zur Ruhe gebettet worden sein.

Anschließend verabschiedeten sie sich, und Emilia geleitete sie zurück zur Tür.

12

THRONE UND HERRSCHAFTEN

Verzeih«, entfuhr es Amalia, kaum dass sie außer Sicht- und Hörweite ihres Elternhauses waren. »Ich habe gar nicht daran gedacht, dich an das Grab zu geleiten!«

Nadja drehte sich zu ihr um und musterte sie. Vielleicht zum ersten Mal erahnte sie wirklich etwas Verletzliches unter dem Schutz, den Amalias altertümelndes und erhabenes Auftreten ihr verlieh. Beherzt packte sie beide Hände ihrer Begleiterin in die ihren und drückte sie fest.

»Ich auch nicht«, sagte Nadja ihr. »Ich habe ein Leben gelebt, in dem meine Mutter die Erinnerung eines anderen aus einer lange vergangenen Zeit war. Ich habe nicht mal daran gedacht, dass ihr Grab auf der Insel sein muss. Wenn sich einer von uns Vorwürfe machen sollte, dann ich.«

Amalia presste die Lippen aufeinander und sah sie aus aufgewühlten Augen an, doch dann drängte sich ein Lächeln auf ihr Gesicht. Von all den Dingen, die Nadja auf der Insel nicht verstand – Amalia war eines der größten Mysterien für sie. Diesmal war sie es, die ihre Begleiterin unterhakte, und gemeinsam brachen sie auf zum Friedhof der Insel.

⁂

Nadja wusste nicht, was sie erwartet hatte – aber der Friedhof übertraf deutlich alles, was sie für möglich gehalten hätte. Er erinnerte mehr an die Friedhöfe in größeren Städten, wo etwa wohlhabende Händler und Reeder in der Lage waren, ihren Vorfahren kleine Tempel in Form von Mausoleen und Grüften zu errichten. Dieser hier war zwar kleiner von seiner Gesamtgröße, aber die Gedenkstätten waren ähnlich prachtvoll.

Engelsstatuen, kunstvoll gefertigte Grabsteine und einstmals aufwendig angelegte, heute aber etwas verwahrloste Wege breiteten sich vor ihr aus – zumindest soweit der Blick reichte. Es war Nebel aufgekommen, während sie bei Amalias Mutter gesessen hatten, und die Welt schien kontinuierlich in etwa 20 Metern Entfernung im Nichts zu versinken.

Es hatten wohl nie viele Leute auf der Insel gelebt, und obgleich in den gut 150 Jahren, seit die Kaltensteins, Nebelungs und Dornholds nach hier gekommen waren, genug Leute beerdigt wurden, um den Friedhof zu füllen, war es dennoch eine sehr kompakte Anlage. Den Zugang verschloss ein ziemlich imposantes, gusseisernes Tor, in das ein Segensspruch eingearbeitet worden war.

»›Geh nicht vorüber ohne Gebet‹«, las Nadja laut, »›bald bist du unser.‹ Gruselig.«

Amalia lächelte sie an, inzwischen wieder ganz ihr übliches Selbst, und sagte nichts dazu. Gemeinsam stießen sie das Tor auf und nahmen den direkten Weg zu den Gräbern der Kaltensteins.

Die Gräber all ihrer Vorfahren waren in einem Halbkreis am Ende eines Seitenweges angeordnet, mit Platz für sicherlich noch ein paar Generationen. Die Statue eines gewaltigen Engels erhob sich in der Mitte. Nein, korrigierte sich Nadja, kein Engel. Es war eine Gestalt wie jene, von denen sie drei in ihrem Statuengarten vorgefunden hatte, augenlos und vom Alter gebeugt.

»Passend für einen Friedhof«, murmelte Nadja mehr zu sich selbst und sah sich nun auch die Gräber an. Da lag sie, im vorletzten Grab – ihre Mutter, Margaretha Kaltenstein. Plötzlich schien Nadja all das, was bisher nur Theorie gewesen war, regelrecht greifbar zu werden.

Seit ihrer Geburt waren sie sich nicht mehr so nah gewesen, und doch waren sie unerreichbar voneinander entfernt. Das Todesjahr auf dem Grabstein, es war zugleich Nadjas Geburtsjahr. Sie hätte gerne geweint, hätte all den aufwühlenden Gefühlen, die mit einem Mal in ihr tobten, gerne Ausdruck verliehen, aber nichts davon konnte sie – sie konnte nur dort stehen und auf den Grabstein starren. Amalia schien dies zu spüren und nahm sie ganz vorsichtig, als habe sie Angst, Nadja zu zerbrechen, in den Arm.

So standen sie eine ganze Weile dort, aneinander gelehnt, zu zweit und doch alleine auf diesem nebelverhangenen Friedhof, ganz aus aller Welt gefallen.

Plötzlich merkte Nadja, wie Amalia sich versteifte.

»Nadja? Schau.«

Amalias Blick war über Nadjas Schulter hinweg auf das erste der Familiengräber gefallen. Der Grabstein war völlig verwittert, kaum noch zu erkennen. Man konnte noch erahnen, dass kein Kreuz dort zu finden gewesen war, sondern scheinbar ein anderes Symbol, vage dreieckig, jedoch nach Jahrhunderten nur noch eine unscharfe Silhouette.

Dann aber sah Nadja, was ihre Freundin gemeint hatte. Der Name war noch zu lesen.

Elisheba Kaltenstein.

Elisheba.

Der Name, den Rosalie gekeift hatte.

»Ich weiß wirklich nicht, was hier vor sich geht«, gab Nadja zu.

»Ich auch nicht«, murmelte Amalia, »aber wir werden es schon durchschauen.«

»Ist es albern, wenn ich mich fürchte?«, fragte Nadja.

Aber es war nicht Amalia, die antwortete: »Überhaupt nicht!«, schallte die Stimme eines Mannes zu ihnen herüber. Er musste irgendwo um sie herum im Nebel sein, und sein Ruf klang heiser und ein wenig bleiern, als wäre Alkohol im Spiel.

Die beiden Frauen fuhren zusammen und suchten mit ihren Augen das Niemandsland jenseits der Metallzäune ab, die Teile des Friedhofs umschlossen.

Niemand war zu sehen. Niemand war mehr zu hören.

Einander haltend drehten die beiden sich mehrfach herum, doch für den Moment waren nur ihre eigenen scharrenden Schritte auf dem Wegekies zu hören.

»Lassen Sie uns in Frieden!«, machte Amalia sich stark. »Wir sind zum Trauern hier, nicht um die Friedhofsruhe zu stören! Und wagen Sie nicht, uns zu drohen!«

»Oh keine Sorge«, grollte die Stimme, »ich bin nicht hier, um zu drohen.«

Mit diesen Worten nun schälte sich eine Gestalt aus den Schwaden. Es war ein Mann in seinen Fünfzigern, vielleicht etwas darüber. Das genaue Alter war aber schwer zu schätzen, denn ein Leben, das er offenkundig an der Flasche verbrachte, hatte schon tiefe Spuren in sein Gesicht gezeichnet. Sein Blick besaß eine gewisse Unschärfe, seine Bewegungen diese Fahrigkeit, die Alkoholiker zeigen, wenn ihr täglicher Pegel zu hoch gestiegen ist, um es noch zu verbergen.

»Die hohen Töchter. Verzeiht meine Manieren!« Hohn troff aus seinen Worten und als er sich theatralisch verneigte, verlor er dabei fast das Gleichgewicht.

»Jannik«, erkannte Amalia. »Er transportiert Waren auf der Insel. Das heißt, wenn er nüchtern genug ist, um zu arbeiten.«

»Ich bin hier, um euch zu warnen«, fuhr er fort. »Hab es nur bisher nicht geschafft, euch alleine zu erwischen, ohne neugierige Augen um uns.«

»Du bist uns heute gefolgt«, sagte Nadja. Es war keine Frage, dennoch nickte er.

»Ich wollte mit euch unter vier Augen sprechen!«

»Bist du gestern in mein Haus eingedrungen?«, wollte Nadja wissen.

»Nein. Nein!« Er wirkte regelrecht bestürzt. »Keine zehn Pferde kriegen mich in das Haus! O nein! So verrückt wie ihr bin ich nicht! Nichts Gutes kommt von dort!«

»Was meinst du?« Amalia klang bedrohlich.

»Ihr habt heute selbst schon davon gesprochen! Männer müssen vorsichtig sein auf dieser Insel. Ansonsten ...« Er beendete den Satz mit einer Geste und deutete mit dem Finger an, sich selbst die Kehle durchzuschneiden. »Darum waren ja auch alle so bestürzt, als die Dornholds nur einen Sohn zur Welt brachten!«

»Wovon zum Teufel sprichst du?«, drang nun auch Nadja auf ihn ein.

»Womöglich von genau dem und keinem anderen!« Er kam noch einige Schritte näher, der Schnaps in seinem Atem war nun deutlich zu riechen. »Wer sonst könnte Patron dieser verlorenen Insel sein?«

»Dein Verstand ist vom Alkohol doch schon gänzlich trüb geworden«, urteilte Amalia. »Schaff dich fort, Lump, und lass uns hier gedenken.«

»Es ist nicht der Alkohol, der hier die Sinne trübt«, nuschelte ihr Gegenüber und tippte sich geradezu gewaltsam mit dem Zeigefinger an die Schläfe, nur um dann leiser zischend fortzufahren: »Es ist diese Insel!«

Nun war es Nadja, die vortrat. »Wenn du etwas zu sagen hast, Jannik, dann sag es. Wir sind auf der Suche nach Antworten hergekommen, nicht für das Gestammel eines Alkis.«

»Antworten!«, kicherte der Mann unvermittelt und taumelte dabei ein paar Schritte rückwärts. »Antworten! Die eine Antwort, die ihr sucht, ist im Haus!«

»Was willst du damit sagen?«

»Findet das Porträt von Acheron Dornhold. Er war der letzte seiner Familie, das letzte Kind von Dornhold. Findet sein Porträt, es muss da sein. Ich hab's damals ans Haus geliefert. Nicht hinein, oh nein, aber dorthin. Es wird eure Fragen beantworten.«

Plötzlich fuhr er zusammen und wirkte erschrocken über das, was er gerade selbst gesagt hatte. Mit weit aufgerissenen Augen sah nun auch er sich um, blickte gehetzt von einer Nebelbank zur anderen.

Dann wandte er sich abrupt ab und ging den Weg zurück, den er gekommen war. Einmal aber fuhr er noch schwankend herum und stieß einen Satz hervor mit einem Klang, den Nadja nur als blanke Angst bezeichnen konnte: »Ihr könnt es endlich beenden!«

13

ACHERON

Der Wind hatte erheblich zugenommen und den Nebel etwas zurückgedrängt, während die Wolken noch tiefer, noch dunkler über der Insel zu hängen schienen, als Nadja und Amalia Kaltenstein wieder erreichten. Doch war der Regen weiterhin ausgeblieben. Mit schwerem Schlag fiel die Tür hinter ihnen ins Schloss und beide atmeten sie erleichtert aus, ohne sicher sagen zu können, woher diese Erleichterung rührte.

Amalia ging zum großen Ofen in der Küche, um ein Feuer anzufachen, doch Nadja eilte an ihr vorbei, hinein in den Gesindetrakt. Amalia warf einen letzten, unschlüssigen Blick auf die Feuerstätte, dann folgte sie.

Nadja eilte zu dem Lagerraum, den sie am Tag zuvor entdeckt hatten. Ohne auf die bisherige Ordnung zu achten, begann sie, sich einen Weg zu den eingeschlagenen Bilderrahmen zu bahnen, die sie zuvor bereits erspäht hatten. Amalia wich zwei Kartons aus, die Nadja einfach hinter sich warf und blickte dann nur sorgenvoll zu ihrer Freundin herüber.

»Wer ist Acheron?«, fragte die schließlich, während sie das erste Bild hervorzerrte und das Papier davonriss.

»Acheron Dornhold«, erklärte Amalia mit belegter Stimme und lehnte sich an eine Zimmerwand, »war der letzte Nachkomme der dritten Gründerfamilie, die meine Mutter erwähnt hat. Er wäre heute in etwa so alt wie meine Mutter, aber er ist schon vor vielen Jahren gestorben.«

Als sie Nadjas funkelnden Blick sah, ergänzte sie: »Ich weiß nicht woran.«

Nadja hatte in der Zwischenzeit bereits zwei Bilderrahmen beiseite gelegt – eine Außenansicht von Kaltenstein, ein Bauernmädchen beim Hühnerfüttern – und zerrte zunehmend unruhig den dritten Rahmen hervor.

»Und du hast wirklich nie gefragt? Hast dich nie gewundert?«, zischte sie Amalia an.

»Nadja«, setzte sie an und drohte, den Satz ins Nichts ausgleiten zu lassen, bevor sie sich zusammenriss. »Nadja, ich weiß nicht, was ich sagen soll. Ich wollte es bei meiner Mutter ansprechen, bevor sie den Friedhof und das Grab deiner Mutter einbrachte. Es ist ... es ist so offenkundig, jetzt wo du darauf zeigst. Ich habe es nie hinterfragt. Wirklich.«

Nadjas Züge wurden weicher, als sie zu Amalia blickte, und dann wieder wie versteinert, als ihr Blick auf das Gemälde fiel, das sie gerade weit genug aus dem Packpapier gerissen hatte. Einen schier endlosen Moment starrte sie das Bild nur an, dann drehte sie es langsam zu Amalia hin.

»Ist er das?«, fragte sie. Und dann, als Amalia nicht direkt antwortete, noch einmal schärfer: »Ist er das, Amalia?«

Der Mann auf dem Gemälde wäre attraktiv gewesen, wenn die Augen, die unter seinen schwarzen Locken hervorstachen, nicht so kalt und gefühllos gewirkt hätten. Es war ein Gemälde, und wer auch immer die Ölfarben auf die Leinwand aufgetragen hatte, hatte dem Mann etwas gegeben, das im Betrachter den Wunsch weckte, heimzugehen und alle Türen und Fenster zu verschließen.

Doch es war nicht der Mann, der dort – ganz offenbar mit seiner Braut – abgebildet worden war, was auch Amalia die Sprache verschlug. Es war die Braut. Amalia hätte sie vermutlich nicht erkannt, wenn sie nicht erst am Vortag ein Foto von ihr gesehen hätte. Die Frau an Acheron Dornholds Seite, in ein schwarzes Brautkleid gehüllt, war Margaretha Kaltenstein. Nadjas Mutter.

Das Gemälde war kunstvoll, wie die restlichen Ahnenbilder im Haus auch. Überhaupt passte es vom Rahmen her zu jenen im Vestibül, als hätte es dort auch einmal seinen Platz finden sollen – oder als wäre es später wieder abgehängt worden. Es gab kein Bild von Margaretha Kaltenstein in der Eingangshalle, erinnerte sie sich. Das Bild zeigte die beiden in einer klassischen, wenngleich gefühlskalten Pose, umrahmt von zwei Treppenaufgängen in einem Durchgang. Sie saß, er stand, seine Hand auf ihrer Schulter; die archaische Form von Besitzanzeige, die in jenen Portraits so üblich gewesen war.

Nadjas Lippen bewegten sich, als versuchten sie, eine Frage zu formulieren, die ihr Verstand noch nicht bereit war, auszudrücken. In ihr hatte sich eine Leere ausgebreitet, eine seltsame, kalte, klamme Leere, von der sie wusste, dass sie einen Schutz darstellte – denn in dem Moment, in dem sich dieser Raum mit der unvermeidlichen Frage füllen würde, die sie am Rande ihres Verstands erspürte, würde alles über ihr zusammenbrechen.

Für einen Moment glaubte Nadja, die Welt würde buchstäblich in sich zusammenstürzen; erst dann begriff sie, dass sie es offenbar war, die fiel. Noch bevor sie den Boden berührte, war Amalia einmal mehr bei ihr und bot ihr Halt, schloss sie in ihre Arme und sank behutsam mit ihr auf den kalten Boden herab.

Nadja begriff nicht. Es gab zwei Puzzleteile, die sich einfach weigerten, an der richtigen Stelle einzurasten. Sie hatte ihre Mutter nie gekannt, sie hatte bis vor wenigen Wochen noch nicht einmal wirklich von der Familie Kaltenstein gewusst. All das war ihr egal.

Aber wenn der Tod im Kindbett ihrer Mutter eine Lüge gewesen war, dann konnte alles eine Lüge sein. Dann konnte dieser furchtbare Mann mit den kalten Augen womöglich der Gemahl ihrer Mutter gewesen sein, wie das Bild zeigte. Wenn sie es wagte, diesen Gedanken weiterzudenken, dann hieß das auch, dass Acheron Dornhold womöglich ihr Vater war.

Und das führte nur zu der Frage, die zu stellen sie viel mehr fürchtete als alle anderen: Wer war dann der Mann gewesen, den sie ein Leben lang Vater genannt hatte?

14

AMALIA

Später saßen die beiden Frauen erneut im Salon. Sie schwiegen schon eine Weile miteinander, in nahezu vollkommener Stille, nur unterbrochen von dem gelegentlichen Fauchen der Windböen, die sich in den Fenstern verfingen. Die Abenddämmerung hüllte das ganze Zimmer in ein zunehmend schummriges, fahlgelbliches Licht. Nadja war in einen der Sessel gesunken, den Kopf in ihre Hände gebettet, als würde dies helfen, ihre taumelnden Gedanken gleichsam zu fassen zu bekommen. Amalia hingegen saß auf der Ottomane, auf der Nadja ihre erste Nacht in Kaltenstein verbracht hatte, den Blick leer auf ihre Finger gerichtet.

Schließlich atmete Nadja aus und hob den Kopf.

»Wir könnten uns etwas zu Essen ...«

»Nadja«, unterbrach Amalia sie. »Ich denke, du hast Recht. Hier stimmt etwas nicht.«

Nadja blickte sie an. Amalias Augen waren gerötet, als hätte sie unbemerkt geweint.

»Was meinst du?«

»Du hast Recht, dass mit den Männern hier etwas nicht stimmt«, sagte sie schließlich. »Oder dass etwas mit dem, was ihnen widerfährt, nicht stimmt. Und du hast Recht, dass es unlauter ist, dass ich es nie hinterfragt habe.«

»Gibt es etwas, was du mir nicht gesagt hast?«, fragte Nadja vorsichtig, doch Amalia schüttelte den Kopf.

»Das ist es nicht. Ich ... ich habe es nie hinterfragt. Es ist mir einfach nie in den Sinn gekommen. Es gibt so vieles, bei dem es an mir gewesen wäre, es zu hinterfragen. So vieles, was offenkundig seltsam ist. Aber ich habe es nie. Vermochte es nie.«

»Was meinst du?«

»Manchmal ist es, als läge ein Nebel hier auf dieser Insel. Einer, der in unseren Köpfen wabert.«

Nadja erkannte, dass es Amalia viel Überwindung zu kosten schien, die Worte auszusprechen. Als müsste sie jedes Wort abwägen, und als würde es ihr zugleich schwerfallen, die richtigen Sätze zu finden. Leise erhob Nadja sich und trat zu Amalia herüber, sank neben ihr auf der Ottomane nieder.

»Ich weiß nicht, ob ich dir folgen kann.«

»Hast du manchmal das Gefühl, dass es schwer ist, einen Gedanken festzuhalten? Schwer, etwas zu Ende zu denken, und noch während du darüber sinnierst, woran das liegt, entgleitet dir zugleich, was überhaupt dieser Gedanke war? Und dass du manchmal Dinge tust, ohne genau zu wissen, warum du sie gerade tust? Oder zu merken, dass du etwas getan hast, und du selbst erst verstehen musst, was es gewesen ist? Als wäre es Instinkt, aber gar nicht deiner?«

Vorsichtig nickte Nadja.

Sie hatte es nicht einmal bewusst bemerkt, aber was Amalia beschrieb, stimmte. Sie hatte dieses Gefühl ab und zu gehabt. Sie erinnerte sich an das Nachtgewand, das sie in der vorigen Nacht entdeckt hatte. Wie sie es so lange übersehen hatte, und wie richtig es ihr auf einmal vorkam. Es war nicht der einzige solche Moment gewesen, ahnte sie.

»So ist es für mich«, fuhr Amalia fort, »oder so fühlt es sich zumindest immer an. Vielleicht für die anderen Menschen auf der Insel ebenso?«

»Amalia«, setzte Nadja behutsam an, und nun war sie es, die sorgsam die richtigen Worte suchte, als wären sie aus zerbrechlichem Glas. »Warum bist du an jenem ersten Tag hergekommen?«

Die junge Frau presste ihre Lippen aufeinander und blickte hinaus zum Fenster. Nadja bemerkte, wie Amalia ihre Finger kurz ballte und dann offenbar unter großer Kraftanstrengung wieder entspannte. Dann blickte sie zurück zu ihr und hielt Nadjas Blick mit ihren Augen gefangen.

»Ich war hergekommen, wie ich sagte, um dich willkommen zu heißen. Dich zu begrüßen, als Erbin von Kaltenstein. Wenn ich das nun laut so sage, fühlt es sich ebenfalls an, als läge irgendetwas in dem Zusammenhang teils vor mir verborgen, doch das war der Anlass. Was ich aber fand, war ohnehin etwas, das ich nicht hätte ahnen können.« Eine lange Pause. »Nadja, du vertreibst diesen Nebel aus meinen Gedanken.«

Nadja ergriff nun ihre Hände und hielt sie, fest umschlossen.

»Du vertreibst den Nebel, und plötzlich konnte ich klar denken. Ich fühlte mich präsent, anwesend in einer Form, an die ich mich nicht einmal mehr zu erinnern vermochte. Ich war ich selbst. Ich habe es nicht direkt bemerkt oder begriffen, und als ich es realisierte, ängstigte es mich. Es ängstigt mich noch immer. Aber als ich dort mit dir auf der Treppe saß, wie ich den Wein mit dir teilte, war es das erste Mal, dass ich ein Gefühl spürte, das ich gar nicht kannte.«

»Welches Gefühl?«

»Ich ... wollte etwas.«

»Was wolltest du?«, fragte Nadja, und bemerkte, dass sie drohte, das Atmen zu vergessen.

»Ich ... ich ...«

Amalia rang nach Worten. Aber es war anders als die Male davor. Es war nicht ein Nebel in ihren Gedanken, sondern es erwuchs alleine aus ihr, dass sie die richtigen Worte nicht zu finden vermochte. Und Nadja handelte aus einem Impuls heraus; doch war es ihr Impuls, einer der tief aus ihrem Innersten entsprang. Amalia hörte auf, nach den richtigen Worten zu suchen, als Nadjas Lippen sich auf ihre legten.

Für einen kurzen Moment brach die Sonne doch noch durch die tiefhängenden Wolken und warf letzte, goldene Strahlen in den Salon von Kaltenstein. Dann jedoch verschwand sie glühend hinter dem Horizont, und Dunkelheit legte sich über die beiden Frauen, die miteinander auf der Ottomane niedersanken.

Teil 3

ENYO

15

DER STURM

Am nächsten Morgen lagen Nadja und Amalia noch lange beieinander. Es war kalt geworden im Haus, doch warm unter der Decke, und sie verbargen sich dort, suchten und fanden Zuflucht. Der Tag schien nicht vorzuhaben, wirklich hell zu werden, und umso einfacher war es, sich in den langen, tiefen Schatten zu verbergen, die das fahle, kalte Licht durch die Fenster hindurch zeichnete.

Letztlich aber kamen sie, noch immer ohne Worte, überein, dass es Zeit war, sich notwendigen Aufgaben zuzuwenden. Amalia war die erste, die unter der Decke hervorschlüpfte und ihre Kleidung wieder zusammensuchte. Nadja sah ihr zu, wie sie dort stand, einer Marmorstatue gleich in dem geisterhaften Licht des Morgens. Als Amalia begann, ihr Korsett wieder anzulegen, konnte Nadja ein leises Kichern nicht unterdrücken.

Das Korsett war eine unerwartete Herausforderung gewesen in der Nacht.

Sie hatte es ja geahnt, aber – ein Korsett! Wer trug denn noch im Alltag ein Korsett?

Es war jedoch unübersehbar, dass es für Amalia keine Ausnahme darstellte. Die Routine und Geschwindigkeit, mit der sie es anlegte, hatte etwas Selbstverständliches. Irgendwann würde sie einmal danach fragen müssen, dachte Nadja bei sich.

Letztlich aber gab sie sich ihrem Schicksal hin, verließ ebenfalls die wärmende Schutzglocke ihrer Decke und rüstete sich für den Tag.

Das Wetter schien nach dem wankelmütigen Hin und Her des vorigen Tages eine Entscheidung getroffen zu haben. Inzwischen war das nahende Unwetter nicht mehr zu leugnen. Ein richtiger Sturm zerrte bereits an Baumwipfeln und Fensterläden, ließ das ganze Haus knarzen und rumpeln. Amalia versicherte ihr mehrfach, dass all die Geräusche normal seien und dass es bei ihrer Mutter daheim nicht anders wäre. Nadja konnte sich nicht entscheiden, ob sie einfach nervös sein sollte, sich wie ein verlorenes Stadtkind fühlen müsste oder ob es nicht klüger wäre, sich all dem einfach zu fügen und auf sich zukommen zu lassen, was ohnehin nicht ausbleiben würde.

Die dunklen Schatten, die noch am vorigen Abend auf ihr gelastet hatten, schienen vertrieben, und auch wenn sie irgendwie wusste, dass sie nur eine Handbreit neben ihrem Bewusstsein lauerten, wie eine stete Präsenz im Augenwinkel, so konzentrierte sie sich lieber auf all die Tätigkeiten, die sie für den Tag vorgesehen hatten.

Amalia hatte unverkennbar Erfahrung damit, Häuser auf der Insel sturmfest zu machen. Sie verrammelten die Fensterläden und schlugen noch kleine Bretter vor, damit sie sich nicht losreißen konnten. Die Spuren im Holz verrieten, dass sie bei weitem nicht die ersten waren, die das taten. Ebenso verschlossen sie alles bis auf den Fronteingang des Hauses, teils mit Brettern in Bodenhöhe, damit kein Wasser unter den Türen ins Haus gelangen würde. Sie trugen einige Töpfe an windgeschützte Stellen, schnürten einige leichtere Objekte an nahegelegenen Bäumen oder Säulen fest. Nadja fragte sich zwischenzeitlich, wohin der schwarze Kater sich bei so einem Wetter wohl zurückzog, und nahm sich vor, ihn ins Haus zu holen, wenn er sich zeigen sollte. Doch anders als sie war er wohl klug genug, sich bereits eine Zuflucht gesucht zu haben.

Als sie sich letztlich dem »Benzinschuppen« zuwandten, wie Nadja ihn inzwischen nannte, hatte auch der Regen endgültig eingesetzt. Es war, als habe er sich über die letzten Tage nur immer und immer weiter angestaut und bahnte sich nun wild seinen Weg. Wie ein heller, stetig um sich schlagender Schleier peitschte er von den dunkelgrauen Wolken herab, und die beiden Frauen mussten, wie sie ihm trotzten, ein dramatisches Bild für jeden Betrachter abgeben.

Dieser Gedanke wiederum ließ Nadja innehalten. Betrachter. Suchend wandte sie ihren Blick der Baumlinie rund um das Grundstück zu. Der Tag war trüb und die Schatten unter den Bäumen undurchdringlich wie immer. Irgendetwas nagte plötzlich an ihr, wieder so ein Gefühl, als würde jemand sie beobachten. Sie strengte sich an, so als könne sie durch reine Willenskraft ihr Sehvermögen steigern, doch was die Schatten nicht verbargen, würde der wogende Regen verhüllen.

Erst jetzt realisierte sie, dass Amalia etwas gesagt hatte. Nicht zum ersten Mal sogar.

»Entschuldige, was?«

»Wo bist du denn in Gedanken?«, lachte Amalia, als würde das Wetter ihr nichts ausmachen. Dann jedoch sah sie den Gesichtsausdruck im Gesicht ihrer Freundin, legte das Brett beiseite, das sie gerade vor den Schuppen hatte nageln wollen und trat zu ihr. »Was ist denn?«

Nadja blickte noch einmal zum Wald herüber. War sie paranoid? Würde Amalia über sie lachen? Aber nein, da lag eine vollkommene Aufrichtigkeit in jenen Augen, die sie durch die ungebührlich zerzausten, regennassen Haare hindurch ansahen. Also sprach sie ihr Gefühl offen aus.

Amalia blickte nun ebenfalls den Waldrand an, schien, sich ebenso zu fokussieren, wie Nadja es versucht hatte, doch auch sie sah offenbar nichts.

Schließlich presste sie ihre Lippen auf Nadjas, ganz so, wie diese es am vergangenen Abend mit ihr gemacht hatte, und lächelte sie dann an.

»Lass uns das letzte Brett festschlagen, und dann suchen wir Zuflucht im Haus!«

16

DER HINTERGRUND

Der Regen sollte bis in die Abendstunden nicht mehr nachlassen. Ununterbrochen prasselte er auf das Haus nieder, und wann immer eine der regelmäßigen Windböen gegen die Fenster peitschte, schlug auch das Wasser trommelnd gegen die Holzverschläge.

Es war schummrig im Salon, in dem die beiden Frauen sich erneut eingefunden hatten. Zuvor hatten sie sich ein heißes Bad gegönnt und saßen nun schweigend beieinander. Die Kleidung, in der sie dem Sturm getrotzt hatten, hing inzwischen am Kamin; eine Schale darunter fing das Wasser auf, was noch immer daraus hervordrang. Beide hatten sie sich aus den Kleiderschränken des Hauses bedient und während die etwas altertümelnde Kleidung für Amalia wie gemacht schien, kam sich Nadja ein wenig vor, als hätte sie sich verkleidet. Kurz hatte Nadja überlegt, ob sie zu dem Nachtgewand aus Spitze mit seinen reizvollen Andeutungen greifen sollte, aber irgendwie fühlte sich das nicht richtig an.

Eine Teekanne dampfte fröhlich über einem Stövchen vor sich hin, und jede von ihnen hatte sich ein Buch aus der Bibliothek des Hauses genommen, um sich ein wenig zu beschäftigen. Die Auswahl war dabei jedoch zumindest thematisch begrenzt. Amalia hatte sich eines der unzählbar vielen Bücher über Kräuter genommen, Nadja irgendeinen uralten Roman, dessen Frakturschrift sie jedoch vor allem schläfrig machte.

Sie schraken beide plötzlich hoch, als mit hörbarem Poltern die Haupttür des Hauses aufgestoßen wurde und der Wind ins Vestibül fegte. Nadja und Amalia tauschten kurz einen Blick und gingen dann – vorsichtig und leise – zur Verbindungstür, die vom Salon direkt in die Eingangshalle mündete.

Das Fronttor stand tatsächlich offen und schlug ein wenig im Wind. Schon jetzt hatte sich von dem Wasser, das die Böen über die Schwelle trugen, ein kleiner, schimmernder See auf dem Parkett gebildet. Sie hasteten beide vor und verschlossen den Eingang, obgleich der Sturm sich gegen sie aufzubäumen schien. Doch kaum, dass die Tür ins Schloss gefallen war, blieb von dem Getöse draußen nur ein leises Heulen zurück.

»Denkst du, der Wind hat die Tür aufgedrückt?«, fragte Nadja.

»Ich vermute schon«, mutmaßte Amalia. »Wollen wir schnell einen Feudel aus dem Gesindetrakt holen und aufwischen?«

Es dauerte einen Moment, bis sie realisierte, dass Nadja gar nicht antwortete. Deren Blick war auf den Treppenaufgang hinein ins Haus gerichtet – oder genauer, auf die kleine Sitzgruppe, die zwischen den beiden Treppen stand. Es war mit das erste gewesen, was sie beim Betreten vor Wochen gesehen hatten, doch Nadja war erst jetzt etwas aufgefallen. Ihre Gedanken überschlugen sich. Letztlich bedeutete sie Amalia wortlos, ihr zu folgen und eilte mit ihr gemeinsam zurück in den Gesindetrakt.

Ihr Weg führte jedoch nicht zu den Putzutensilien, sondern zurück zu dem Gemälde, das Nadja so tief verstört hatte. Das Gemälde ihrer Mutter Margaretha, gemeinsam mit Acheron Dornhold, vor einem Durchgang inmitten zweier Treppenaufgänge. Diesmal allerdings war es nicht der Schock, den Amalia in Nadjas Gesicht sah. Es lag darin eine Aufforderung, der Appell, eine Erkenntnis zu erlangen, die ihrer Freundin gekommen war. Doch so sehr Amalia sich mühte, sie konnte ihr nicht folgen.

»Schau«, sagte Nadja schließlich. »Wo zeigt das Gemälde die beiden?«

Amalia blickte genauer hin und schließlich fiel sichtlich auch bei ihr der Groschen.

»Das sind die Treppen im Vestibül!«, erkannte sie.

»Wovor stehen sie?«

»Vor einem ...«, und dann begriff Amalia. »Vor einem Durchgang.«

Nadja ergriff das Gemälde und beide Frauen machten kehrt, wobei Nadja im Gesindetrakt noch ein letztes Mal gedanklich Maß nahm, wo die Wände, die Türen und die hier verborgenen Räume lagen. Zusammen eilten sie zurück ins Foyer. Das Wasser stand nach wie vor geradezu anklagend auf dem Parkett, doch jeder Gedanke ans Putzen war verflogen.

Nadja hielt das Gemälde hoch, sodass es in einer Flucht war mit dem realen Raum, in dem Margaretha und Acheron damals gemalt worden waren. Und es stimmte – dies war der gleiche Treppenaufgang, aber das Gemälde zeigte dort, wo heute die Holzkassetten nahtlos die Wände umschlossen, einen Durchgang.

»Noch ein Geheimgang?«, fragte Amalia, halb sich selbst und halb ihre Freundin.

»Wir haben uns bisher nicht gefragt, was unter der Treppe ist. Es ist nicht der Gesindetrakt. Der verläuft entlang der Außenwand des Raumes«, erklärte Nadja und deutete auf die Rückwand oberhalb der Treppen. »Natürlich kann es sein, dass die Treppen und die ganze Empore einfach massiv gearbeitet sind.«

»Aber gefühlt ist jeder andere solche Winkel im Haus mit Gängen und verborgenen Räumen versehen«, beendete Amalia den Gedanken.

Beide traten nun an diese Nische heran und rückten die Möbel beiseite, um sich dort besser bewegen zu können. Nichts deutete darauf hin, dass hier mal ein Durchgang gewesen sein könnte. Keine geheimnisvollen Schleifspuren versteckter Türen auf dem Parkett, keine verräterischen Spalten, kein Unterschied in der umlaufenden Holzverkleidung.

Doch als Nadja erst mit dem Finger, dann mit den Knöcheln ihrer Faust gegen die Rückwand der Nische klopfte, gab es keinen Zweifel. Sie klang nicht direkt hohl, dafür war sie vermutlich zu dick. Aber sie klang in jedem Fall anders als die beiden Seitenwände der emporführenden Treppen.

Nadja konnte sich ein Lächeln nicht verkneifen.

»Lust auf etwas Vandalismus?«

17

DIE KAMMER

Durch die Renovierungsarbeiten gab es Werkzeug in nahezu jedem Raum des Hauses, doch es dauerte einen Moment, bis beide Frauen etwas gefunden hatten, das ihnen angemessen erschien. Amalia hatte sich für eine Brechstange entschieden, Nadja hatte sich mit einem schweren Fäustel bewaffnet, und nun standen sie erneut vor der Holzvertäfelung zwischen den beiden Treppen.

Es fühlte sich falsch an, musste Nadja zugeben. Jetzt hatte sie so viel Zeit darin investiert, das Haus wieder auf Vordermann zu bringen, nur um eine der wenigen Stellen, die von Anfang an repräsentabel gewesen waren, zerstören zu wollen. Aber sie musste es wissen. Sie brauchte diese Antwort. In Amalias Blick erkannte sie die gleichen Zweifel – vielleicht noch mehr, weil es nicht ihr eigenes Haus war.

Aber es war Nadjas Haus. Ihre Wand. Ihre Entscheidung.

Sie war die Herrin von Kaltenstein, flüsterte ihr Unterbewusstsein.

Also nickte sie Amalia bekräftigend zu, holte aus und ließ den Hammer schließlich auf die Kassettierung niederkrachen. Sie sah gerade noch, wie Amalia die Augen zukniff, dann schlug Metall auf Holz. Das Knacken und Krachen war erschreckend, das Ergebnis hingegen weniger drastisch, als sie gedacht hatte. Es brauchte einige weitere kraftvolle Schläge, um zumindest ein erkennbares Loch in die offenkundig massive Holzkassette zu hämmern. Dann nahm Nadja eine kleine Baulampe hervor und leuchtete zwischen den hellen Holzsplittern hindurch in das Loch inmitten der zerschundenen, dunklen Verkleidung.

»Dahinter ist eine Kammer!«, sagte sie schließlich triumphierend.

Wenn sie ehrlich war, beruhigte es sie auch selbst – der Gedanke, dass dahinter vielleicht einfach eine Wand gewesen wäre, führte gefährlich nahe an die Frage heran, ob sie dabei war, den Verstand zu verlieren.

Aber nein. Sie hatte Recht. Sie hatte einen Geheimgang entdeckt, oder zumindest eine geheime Kammer! Auch Amalia wirkte erleichtert, ob ihrer selbst willen oder für Nadja, konnte sie nicht sagen.

Zusammen machten sie sich weiter daran zu schaffen. Zuerst zertrümmerte Nadja mehr von dem Holz, solange, bis Amalia die Brechstange ebenfalls ansetzen konnte. Draußen tobte das Unwetter immer wilder, Wind zerrte und polterte an den Läden, Regen peitschte hörbar gegen das Haus und gerade, als sie genug gearbeitet hatten, um eine komplette Holzeinfassung zu lösen und so einen Durchgang zu schaffen, rollte zudem ein lauter Donner grollend über den Himmel oberhalb der Insel dahin.

Beide waren außer Puste, und Amalias penible Frisur war in Unordnung geraten, doch nun ließen sie das herausgelöste Stück der Holzvertäfelung auf den Boden fallen und traten, eine nach der anderen, durch die geschaffene Öffnung.

Der Raum, den sie entdeckt hatten, glich einem kleinen Büro. Links und rechts waren an den Wänden Sekretärsschränke eingelassen, während die Rückwand einmal mehr holzvertäfelt war. Es war finster in der engen Kammer, aber Nadja vermutete, ohne die vorgelagerte Holzwand und bei weniger drastischem Wetter hätte es wie ein ganz normales Stück des Hauses gewirkt.

Warum hatte man dies so verborgen?

Amalia nannte sie beim Namen und deutete in eine der Ecken. Nadja folgte der Geste mit dem Licht ihrer Lampe und sah direkt, was die Aufmerksamkeit erregt hatte – an der rechten Seite befanden sich schwere, eiserne Scharniere an jener Wand, durch die sie sich gerade geschlagen hatten.

Sie suchten gemeinsam nun die Innenseite ab und wurden schnell fündig. Man hatte den Raum nicht versiegelt, man hatte eine Geheimtüre installiert. Nun, wo sie die Innenseite sahen, konnten sie den Haken zu einem der Wandpanele verfolgen, an dem sie nur richtig hätten ziehen und drehen müssen, um die gesamte Fläche leicht nach außen bewegen zu können.

Nadja seufzte.

»Ich bin sicher, Nathan kann das reparieren«, murmelte Amalia, während sie verschämt an den Rändern der Öffnung zupfte, die sie geschlagen hatten. Eine weitere Holzlamelle löste sich dabei und ließ sich auch, trotz Amalias diskreter Bemühungen, nicht mehr festdrücken. Sie lächelte verlegen.

Nadja wandte sich mit ihrem Licht den Sekretären zu. Sie konnten beide gleichzeitig öffnen, aber dann blockierten die heruntergeklappten Schreibflächen den kompletten Durchgang. Also stellten sie sich seitlich auf, eine innen, eine außen, und begannen über Eck, durch die beiden Schränke zu wühlen.

Nadjas Schrank enthielt Unterlagen – jedoch seltsame Unterlagen. Es waren Dokumente, beschriftet in verschiedenen Sprachen, die ihr großteils nichts sagten. Eines davon war Latein, eines sah für ihr ungeschultes Auge aus wie Arabisch, aber darüber hinaus verließ es sie schnell. Sie blickte auf Diagramme von Dingen, die sie nicht erkannte, auf technische Zeichnungen von Gegenständen, die sie gar nicht zuzuordnen wusste, auf unleserliche Schmierzettel. Nadja versuchte, aus einigen davon schlau zu werden, gab es jedoch meist schnell wieder auf. Ein mehrfach gefaltetes Blatt beschäftigte sie einen Moment länger. Es schien eine Karte zu sein. Zuerst hielt sie es für eine Architektenzeichnung des Hauses, doch obwohl die Außenmaße Kaltensteins zu sehen waren, waren doch keine Räume darauf verzeichnet. Vielmehr gingen aus allen möglichen Winkeln des Hauses und des Umlands Linien hervor, die sich in der Mitte zu treffen und eine Art Neuneck zu bilden schienen. Oder insgesamt einen neunzackigen Stern. Einige der Linien dürften tatsächlich mit Innenwänden des Hauses übereinstimmen, überlegte sie, andere ergaben jedoch keinen Sinn. Und es gab keine neuneckigen Räume im Haus, dessen war sich Nadja sicher. Ein Zeichen war grob in der Mitte skizziert – eine Art Dreieck, dessen Linien reihum je in einer kleinen Spirale mündeten. Es erinnerte Nadja ein wenig an einen keltischen Knoten oder etwas in der Art, aber das war nichts, wovon sie Ahnung hatte.

Letztlich faltete sie das Dokument ratlos wieder zusammen und schob es zurück in den Sekretär. In einer Ecke des Fachs verbargen sich im Schatten zudem einige Bücher – okkulte Bücher, wie es schien.

Sie nahm eines davon in die Hand und schlug es auf. Es war alt, ohne Zweifel, fühlte sich staubig an und roch muffig, aber es war gut erhalten. Auch hier konnte sie den Inhalt jedoch nicht entziffern – nicht einmal das Alphabet erkannte sie auf Anhieb. Dennoch schien sie sich regelrecht darin zu verlieren, folgte den Buchstaben, die irgendwie ihrem Blick geradezu auszuweichen schienen – zumindest, bis Amalia sie erneut bei ihrem Namen rief. Irritiert schlug Nadja das Buch zu und stellte es zurück. Ihre Finger fühlten sich geradezu ausgetrocknet an, als sie sich Amalias Funde besah.

Diese schienen denen in ihrem Sekretär zu ähneln, ergänzt jedoch um eine weitere, kleine Kiste, die sie nun Nadja zugedreht hatte.

»Mehr Fotos?«, fragte sie ungläubig, und Amalia nickte.

Zögerlich begann Nadja, durch die Kiste zu schauen. Bilder hatten ihr in diesem Haus bisher keine Antworten geboten, aber meist neue, unangenehme Fragen aufgeworfen. Die Fotos waren alt, das erkannte sie, aber nicht antik. Sie waren alle im und um das Haus aufgenommen, was es nicht einfacher machte, das Alter zu schätzen, da sich so wenig hier verändert zu haben schien über die Jahrzehnte. Sie wurde schneller, konnte weder mit den Leuten, noch den Begebenheiten viel anfangen. Sie erkannte Henriette auf Fotos wieder, ebenso Acheron. Eine Reihe von Fotos zeigte drei Frauen – Henriette, Emilia und ihre Mutter Margaretha –, wie sie alle beieinandersitzend Zigaretten im Salon zu rauchen schienen. Es waren eigentümlich alltägliche Fotos in einem Haus, in dem so viel so altherrschaftlich wirkte. Das galt, erkannte Nadja für sich, eigentlich für all die Fotos. Auf manchen Fotos war Personal zu erkennen, doch das lag alles weit in der Vergangenheit. Eine Frau, mutmaßte Nadja, könnte die junge Rosalie Parsen sein, dem Rest schenkte sie wenig Beachtung.

Amalia hatte inzwischen die restliche Durchsuchung des Sekretärs aufgegeben und schaute nacheinander durch die Fotos, die Nadja schon beiseite gelegt hatte. Auch sie zögerte bei diesen Alltagsaufnahmen, studierte sie ebenfalls sehr genau. Wortlos wühlten sich beide durch die zahlreichen Erinnerungen. Es wäre erfrischend normal gewesen, wenn sie nicht in dieser eigentümlichen Geheimkammer gestanden hätten.

Ein Foto zeigte nun die gleichen drei Frauen, ebenfalls noch sehr jung, wie sie gemeinsam in einer Höhle an einem kleinen Fluss oder See zu stehen schienen – allesamt nackt. Nadja reichte es Amalia, mit einem schiefen Grinsen und einer hochgezogenen Augenbraue, und beobachtete mit Genugtuung das bloße Erstaunen im Gesicht ihrer Begleiterin.

»Nacktbaden?«, fragte Nadja schließlich.

Amalia blies ratlos die Backen auf. »Ich frage mich, wer das Foto gemacht hat.«

Nadja nickte. Das konnte sie auch nicht sagen. Natürlich, heute hatte jeder immer eine Kamera dabei, und weder die Salonfotos noch die Nacktaufnahme würden vermutlich wirklich jemanden schockieren.

Aber jemand hatte damals einen Fotoapparat mitgenommen.

Die Aufnahme gemacht.

Und anschließend entwickelt.

Sie hatten fast den Boden der kleinen Kiste erreicht, als Nadja ein Foto ihrer Mutter näher betrachtete. Sie posierte offenbar für jemanden, durchaus kokett. Nicht unziemlich, aber es lag eine verspielte Vertrautheit in ihrer Haltung. Es gab eine weitere Besonderheit: Der Fotograf dieses Fotos war in einer der Scheiben zu sehen – und es war nicht Acheron. War das …?

Erneut griff sich Nadja die Fotos, die sie schon zur Seite gelegt hatte. Sie suchte hindurch, bis sie einige der Fotos wiedergefunden hatte, auf denen Personal zu erkennen war. Sie verglich das Gesicht in der Spiegelung des Fensters mit dem Gesicht eines der Bediensteten, eines Kammerdieners glaubte sie, und stellte sich vor, wie dieser Mann wohl Jahrzehnte später ausgesehen haben könnte.

»Amalia«, sagte sie schließlich, breitete beide Fotos auf der Schreibunterlage aus und beleuchtete sie so gut es ging mit ihrer Baulampe. »Dieser Bedienstete dort, der da steht wie ein Butler? Ich glaube, das ist mein Vater.«

18

PATER MEUS

Amalia klappte das andere Sekretärsfach zu – polternd fiel alles, was auf der Arbeitsfläche gelegen hatte, wieder in den Schrank zurück – und war an Nadjas Seite, ehe diese sich versah. Nadja spürte ihre Wärme und genoss den Halt, den ihr das bot.

»Was genau meinst du?«, fragte Amalia schließlich, um das Schweigen zu brechen. »Das ist nicht Acheron.«

»Nein, das ist der Mann, der mich aufgezogen hat«, erklärte Nadja. »Der, den ich Vater genannt habe. Der, der jüngst verstorben ist.«

Neugierig beäugte Amalia das Foto, auf dem Margaretha Kaltenstein posiert hatte. Sie schien den gleichen Gedanken zu haben, den Nadja dachte – es wirkte nicht wie ein Foto, das ein Diener von seiner Herrin aufnimmt. Es lag etwas Vertrautes darin.

»Meinst du, die zwei hatten eine Affäre?«

»Ich weiß nicht«, murmelte Nadja.

»Dann wäre es möglich, dass du doch nicht Acherons Tochter bist«, warf Amalia ein.

»Das stimmt. Wenn sie wirklich was miteinander hatten.«

»Ich frage mich, was damals passiert ist. Wie bist du – mit ihm – von der Insel gekommen? Wieso trägst du seinen Namen?«

»Ich weiß es nicht«, seufzte Nadja. »Es muss aber eigentlich etwas Schlimmes gewesen sein. Das würde erklären, warum er nie von hier gesprochen hat. Warum ich weder von dieser Insel, noch von der Familie Kaltenstein je gehört hatte.«

»Meinst du, er hat dich geraubt?«, grübelte Amalia. »Meinst du, es war eine Flucht?«

Nadja wendete das Foto einmal hin, dann zurück, als könne es so mehr Geheimnisse preisgeben.

»Wenn es eine Flucht war, warum sind sie dann nicht zusammen geflohen?«

»Vielleicht konnten sie nicht«, gab Amalia zu bedenken. »Meinst du, deiner Mutter wurde etwas angetan?«

»Mein Vater …«, Nadja zögerte einen Moment, traf eine Entscheidung, »… mein Vater hat mir immer gesagt, meine Mutter sei bei meiner Geburt gestorben. Wir wissen jedoch von dem Bild aus dem Gesindetrakt, dass das nicht stimmen kann. Wenn das Kind darauf ich war, dann lebte sie noch, nachdem ich geboren wurde. Ihr kann also erst danach etwas zugestoßen sein.«

»Wir wissen noch immer nicht sicher, dass das Kind auf dem Foto wirklich du bist. Aber nehmen wir an, es stimmt – dann kann es trotzdem nicht weit nach deiner Geburt gewesen sein, dass deiner Mutter etwas widerfuhr. Du und ich, wir zwei sind in etwa gleichaltrig, und deine Mutter war, zumindest soweit meine Erinnerung zurückreicht, bereits verstorben.«

»Das deckt sich auch mit der Jahreszahl auf dem Friedhof.«

»Vielleicht hat Acheron ihr etwas angetan«, spekulierte Amalia. »Vielleicht hat er ihr etwas angetan und dein Vater ist daraufhin mit dir geflohen?«

»Oder er ist mit mir geflohen und daraufhin hat man ihr etwas angetan.«

»Vielleicht sind sie auch aufgeflogen. Also, wenn wir Recht haben und du das Kind einer Affäre bist.«

Schweigend starrten sie auf die Fotos. Der Sturm draußen hob ein weiteres Mal zu lautem Tosen an. Ein weiterer Donnerschlag grollte über den Himmel.

»Was, wenn er sie ermordet hat?«, entfuhr Nadja ihr Gedanke, und sie deutete auf die Reflexion in der Scheibe. »Was, wenn er meine Mutter ermordet hat, vielleicht aus Eifersucht auf ihre Beziehung zu Acheron? Er ermordet sie, raubt das Kind, das seines hätte sein sollen ... Menschen machen so etwas.«

Amalia dachte kurz nach, sprach dann jedoch ein einziges Wort mit fester Gewissheit: »Nein.«

»Wie kannst du dir sicher sein?«

»Dein Vater scheint ja nicht wirklich untergetaucht zu sein, oder? Zumindest der Testamentsvollstrecker hat dich gefunden. Vielleicht wart ihr außer Reichweite der Familien hier, aber es wäre doch auch der Polizei gelungen, deines Vaters habhaft zu werden, wenn sie es gewollt hätte. Richtig?«

»Ja, ich schätze schon«, räumte Nadja zögerlich ein. »Worauf willst du hinaus?«

»Wenn hier etwas vorgefallen ist, dann wollte hier offensichtlich niemand irgendeine Form von Aufmerksamkeit erregen. Falls wirklich etwas passiert ist – und vielleicht spinnen wir uns hier auch nur etwas zusammen –, falls wirklich etwas passiert ist, dann wollten die Leute hier nicht, das Fragen gestellt werden. Wenn nun dein Vater ein Mörder war, oder ein Kinderdieb, meinst du nicht, sie hätten alles in Bewegung gesetzt, ihn zu finden? Nein, sie haben geschwiegen. Sie haben etwas vertuscht. Wir wissen nur nicht, was.«

Ein weiteres Mal prallte der Wind regelrecht gegen das Anwesen, und selbst in der kleinen Kammer fegte der Luftzug einige der Fotos vor ihnen von dem Sekretär. Nadja beugte sich sofort vor, um sie aufzuheben, aber Amalias Blick war auf die Rückwand des Raumes gerichtet. In Richtung des Luftzugs.

»Ich werde verrückt«, sagte sie, trat an die Holzvertäfelung und klopfte, gerade als Nadja aus dem Schatten unter dem Sekretär wieder empor kam. Es klang erneut hohl.

»Echt jetzt?«, teilte Nadja ihre Verwunderung, doch nur kurz.

Einen Moment später begannen beide Frauen, die einzelnen Paneele der Holzvertäfelung genau zu untersuchen, zu drehen, zu drücken und zu ziehen. Nadja war es letztlich, die die richtige Stelle fand und mit einem leisen Klicken die nächste Geheimtür entriegelte.

Die Wand schwang nach innen auf – und gab den Blick frei auf einen natürlich wirkenden Tunnel aus schwarzem Gestein, der sich abfallend vor ihnen in die Dunkelheit erstreckte.

19

Schwarzes Herz

Dunkel wand sich der Tunnel vor ihnen hinab in die Tiefe, viel weiter, als Nadja es erwartet hatte, und durch so massives Gestein, bei dem sie sich wirklich nicht vorstellen konnte, wie das jemand hätte bearbeiten können. Es musste ein natürlicher Höhlengang sein, dachte sie leise bei sich, und nach allem, was sie sah, war er älter als das Haus, das auf ihm ruhte. Das aber machte es nur noch verwirrender für sie – war das Anwesen bewusst auf diese Höhle gebaut worden? Oder war sie nur entdeckt worden, als das Gebäude errichtet wurde?

Und Kaltenstein besaß schließlich einen Keller. Einen normalen, bearbeiteten Keller, mit gemauerten Wänden und abgestützten Decken. Mit jedem Schritt hinab wurde klarer, dass die Kellerräume um diesen Höhlengang herum errichtet worden waren, ohne sie aber miteinander zu verbinden. Doch warum?

Ein Tosen und Rauschen war von weiter unten zu hören, nur leise am Rande ihrer Wahrnehmung; so leise, dass Nadja zunächst unsicher war, ob es vielleicht nur der Druck auf ihren Ohren war. Doch je näher sie ihrem Ziel kamen – was auch immer dies war –, desto deutlicher wurde es. Da fiel ihr das Foto wieder ein, das die Frauen scheinbar beim Nacktbaden in einer Höhle zeigte. War es direkt unter Kaltenstein aufgenommen worden? Gab es einen Fluss oder See unter dem Haus?

Schließlich gabelte sich der Gang vor ihnen, und Amalia schien sich die gleiche Frage zu stellen wie Nadja: Wie groß war diese Anlage?

Der linke Gang ging nun ebenerdig weiter, der rechte Gang bog erneut steiler in die Tiefe hinab. Waren sie schon unterhalb des Wasserspiegels im See? Nadja konnte es nicht einschätzen, glaubte aber nicht. Stumm verständigten sich die beiden und folgten dann zunächst dem linken, gerade verlaufenden Gang.

Sie mussten nicht weit gehen, bis der Gang sich einmal um sich selbst wand, sodass sie nun zurück in Richtung des Hauses gingen, nur deutlich tiefer in der Erde. Jedes Gefühl für Distanzen hatten sie in der Dunkelheit, einzig im Licht der Baulampe in Nadjas Händen, längst verloren. Doch dann öffnete sich der Gang in die Breite, und beiden Frauen betraten eine kleine Kammer. Der Raum war nicht groß, aber nach den engen Windungen der unterirdischen Anlage tat es dennoch gut, nebeneinander etwas freier zu stehen. Es war klamm dort unten. Eine weitere Öffnung führte auf der gegenüberliegenden Seite in den nächsten Tunnel, doch zunächst haftete Nadjas Blick – und der Schein ihrer Leuchte – auf dem Boden.

Dort hatte jemand, bemerkenswert kunstvoll, ein Relief in den Fels gearbeitet. Nass glitzernd im Licht der Lampe waren nicht direkt alle Details zu erkennen, aber es war doch unverkennbar: Groß in der Mitte prangte das Symbol, das Nadja schon auf dem seltsamen Gebäudeplan in der Geheimkammer gesehen hatte: drei aus der Mitte je einer Spirale entspringende Linie, die ein Dreieck bildeten. Und drumherum waren drei Gestalten abgebildet – vornüber gebeugte Gestalten, alte Frauen scheinbar, ohne erkennbares Gesicht. Es waren die gleichen, die als Statuen im Garten des Anwesens standen, je eine Hand zu der Abbildung eines Auges inmitten des Dreiecks ausgestreckt.

»Die Graien«, murmelte Amalia.

»Du weißt, wer das ist?«, fragte Nadja erstaunt. Sie hatte Amalia nie danach gefragt.

»Die Graien«, wiederholte die, wie zur Bestätigung. »Aus den Sagen Griechenlands. Drei alte Frauen, ein bisschen wie die drei Hexen bei Macbeth.«

Nadja blickte ratlos.

»Shakespeare, Macbeth, die Hexen! ›Doppelt plagt euch, mengt und mischt! Kessel brodelt, Feuer zischt‹«, versuchte es Amalia, aber erntete nur einen weiteren, noch ratloseren Blick. Also ließ sie es dabei bewenden und deutete stattdessen nach und nach auf jede der drei Gestalten: »Deino, Pemphredo und Enyo. In manchen Sagen bewachen sie die Gärten der Hesperiden – der Nymphen.«

»Weißt du auch, was das Symbol in der Mitte ist?«

»Das ist eine Triskele. Die kann so ziemlich alles mögliche darstellen, was als Dreiklang stehen kann. Geburt, Leben und Tod etwa.«

»Vater, Mutter und Kind?«, mutmaßte Nadja, und Amalia nickte.

»Aber auch die Verkörperung der dreifaltigen Göttin, also das Mädchen, die Mutter und die Greisin. Wie die Hexen bei Shakespeare, wie gesagt.«

»Woher weißt du so etwas?«

»Meine Mutter hat es mich gelehrt. Sie hat mich viele solche Dinge lernen lassen.«

Nadja studierte ihre Begleiterin mit neugefundener Faszination, dann machten sie sich schweigend auf zur nächsten Kammer.

Nadja schrie, kaum dass sie den Körper sah. Amalia blieb äußerlich ruhiger, doch auch sie griff nach der Hand ihrer Freundin und hielt sie fest, als drohten sie, sich sonst zu verlieren.

Die nächste Kammer war größer als die davor, war höher ebenso wie weiter. Und neuneckig, realisierte Nadja. Erneut führte ein weiterer Gang aus ihr heraus, doch wo in der Mitte des ersten Raumes das Relief im Boden eingelassen war, ragte hier ein hüfthoher Fels empor. Er war, wie scheinbar alles in diesen Gängen, natürlich aus Gestein gewachsen, zwei Meter im Durchmesser und ungewöhnlich flach an seiner Oberseite. Doch es war nicht der Stein, der sie schockierte, sondern der Körper, der darauf lag.

Langsam näherten sich die beiden mit dem Lichtkegel ihrer einzelnen Lampe dem Podest und zwei schwelende Befürchtungen, die Nadja erfüllten, bewahrheiteten sich. Es war nicht nur ein Körper, es war eine Leiche. Und es war der Leichnam Nathans.

Jemand musste ihn hergebracht haben – und dann hatte er ihn ermordet. Der Mann war an den Stein gefesselt worden, jemand hatte seinen Oberkörper freigelegt und anschließend okkulte Runen in seinen Leib geritzt. Runen wie jene, die Nadja oben in den Unterlagen gesehen hatte. Nathans Augen starrten endgültig ins Leere, und über seinen Hals zog sich ein tiefer, roter Spalt, wo ihn jemand aufgeschnitten hatte.

Nadja schluchzte und krallte sich an Amalia fest, die ihrerseits den Raum mit ihrem Blick absuchte, als fürchte sie, der Mörder würde sich jeden Moment offenbaren. Es war nicht einmal alleine die Leiche, deren Anblick drohte, Nadja ohnmächtig werden zu lassen. Jemand hatte das getan – in ihrem Haus. Während ihrer Anwesenheit.

Sie musste an die Nacht denken, als sie den Einbrecher durch die Gänge Kaltensteins gejagt hatte. An jenem Tag hatten sie Nathan das letzte Mal lebend gesehen.

Nadja spürte, wie die Beine unter ihr nachgaben, und Amalia stützte sie, während sie langsam mit ihr zusammen in die Knie ging.

Schließlich zwang sie sich jedoch zur Ruhe und begann, sich umzuschauen. Der Boden um das Podest war ebenfalls seltsam. Es schien auf den ersten Blick das gleiche, schwarze Gestein zu sein, das sonst überall zu sehen war. Es war jedoch schlammig. Ebenso schwarz wie die Felsen, doch feucht, klebrig und kühl. Es wirkte fast, als quelle der schwarze Schlamm dort aus dem Boden, wo das Blut aus Nathans Kehlschnitt herabgeflossen war, auch wenn das für sie nicht viel Sinn ergab. Jemand hatte scharlachrote Kerzen um ihn herum abgebrannt – ob nun als Ritus oder schlicht, um Licht zu haben, ließ sich nicht erkennen.

Schließlich entfuhr Nadja ein tiefes, unkontrollierbares Schluchzen, und auf diesen Dammbruch folgten die Tränen. Amalia hielt sie fest, presste sie an sich und gab ihr Zeit. Als sie schließlich abließ, sah sie, dass auch über Amalias Züge Tränen gelaufen waren.

»Wir müssen«, brachte Nadja schließlich mühsam hervor, »die Polizei rufen.«

»Das müssen wir«, stimmte Amalia zu, »aber vergiss nicht, wo wir sind. Es gibt keine Polizei auf der Insel. Niemand wird hier sein, bis die Fähre wieder fährt, und ob das morgen früh schon gegeben ist, mit dem Sturm, bleibt zu sehen.«

Nadja nickte. Sie wusste, dass das stimmte – aber was sollten sie dann tun?

Sie wandte den Blick ab. Dort jedoch, in jenem anderen Winkel, erweckte nun etwas anderes ihre Aufmerksamkeit. Im Schlamm, am Kopfende des Podestes, lag etwas. Sie erhob sich, löste sich aus Amalias Armen und trat heran. Was ausgesehen hatte wie eine einfache Kuhle schien eine Vertiefung zu sein, die bewusst in den Fels gearbeitet worden war. Auch viel von dem Blut schien nach hier geflossen zu sein und hatte sich dort, inzwischen untrennbar mit der morastigen Masse verbunden, um ein Objekt gelegt. Das lag nicht nur zufällig dort, erkannte sie, sondern war passgenau in eine tiefe Öffnung gefügt worden. Sie schluckte und hob dann, den widerlichen Schlamm ignorierend, den seltsamen Gegenstand auf.

Es war eine Statuette. Klein, ebenfalls aus dunklem Gestein gefertigt und überraschend schwer, zeigte die Statuette erneut diese drei Frauen – die Graien. Statt des gemeinsamen Auges hielten sie hier jedoch, mit unangenehm ekstatischen Mienen, einen Kelch empor. Ein Schauer überlief Nadja, und sie wusste nicht einmal recht, warum. Das Idol lag kalt in ihrer Hand, schien sich in ihren Fingern auch nicht spürbar zu erwärmen. Das kleine, steinerne Objekt gab ihr das Gefühl, als blicke jemand über ihre Schulter und flüstere dunkle, verderbte Worte in ihre Ohren. Es war etwas abstoßendes an der Statuette, etwas gleichsam altes und ruchloses.

Nadjas Blick fiel auf den nächsten Durchgang. Er war länglicher, oval – und plötzlich kam ihr der Traum wieder in den Sinn, den sie in jener Nacht gehabt hatte, bevor sie den Einbrecher verfolgte.

Das Rauschen und Dröhnen von Wasser. Der Geruch von Schimmel, Eisen, Moos und Kerzen. Die ovale Öffnung im Fels. Es war dieser Ort gewesen, von dem sie geträumt hatte. Nicht ein Ort wie dieser, sondern exakt dieser. Amalia schien zu sehen, dass etwas nicht stimmte – noch weniger als schon zuvor. Nadja wollte es ihr erklären, aber wie sollte sie das? Wie sollte sie sagen, dass sie in jener Nacht, in der sie – da war sie sich nun sicher – den Mörder Nathans nach frisch vollbrachter Tat durch das Haus gejagt hatte, zuvor von diesem Ort geträumt hatte, dessen Existenz ihr bis vor wenigen Minuten nicht mal bekannt gewesen war?

Sie konnte es nicht.

Stattdessen wandte sich Nadja wortlos dem nächsten Durchgang zu.

»Willst du das Ding mitnehmen?«, fragte Amalia irritiert und nickte zu der Statuette in Nadjas Hand.

Nadja blickte das gottlose Ding an. Noch immer glaubte sie, gerade jenseits ihrer Wahrnehmung sünd-hafte Worte in einer unbekannten Sprache zu hören.

Dann nickte sie und ging mit dem Idol in der Hand auf das laut dröhnende Rauschen des Wassers zu.

20

Filia Mea

Trotz allem, was sie bisher gefunden hatten, verschlug der Anblick der letzten Kammer den beiden Frauen doch noch einmal den Atem. Erneut erweiterte sich der Gang in eine große Höhle, noch einmal größer als die letzte gar. Der Boden ragte als felsiges Plateau hinaus in die Dunkelheit, nur um etwa in der Mitte des Raumes steil abzufallen.

Dort, viele Meter unter ihnen, lag die Quelle des ohrenbetäubenden Getose, das sie die ganze Zeit über gehört hatten. Wasser rauschte zwischen zwei Felswänden hindurch, von einer unbekannten Strömung angetrieben. Viel konnten sie nicht ausmachen, das Licht ihrer Baulampe reichte kaum, den Raum zu erfassen, geschweige denn Details dessen, was am Fuße dieses Abgrunds lag.

Nadja versuchte, sich räumlich vorzustellen, wo unter Kaltenstein sie sein mochten und wie dies alles zueinander stand, doch sie konnte es nicht. Für einen kurzen Moment schoss ihr der Gedanke durch den Kopf, ob das Höhlensystem wohl Teil ihres Erbes war, doch verwarf sie die Überlegung schnell wieder.

Sie suchte Amalias Blick, fand ihn und sah darin die gleiche Ratlosigkeit, die auch sie erfüllte.

Beide blickten sie noch einen Moment vorsichtig über die Kante hinab zu den Fluten, die sich dort unten an zahlreichen aus dem Wasser ragenden Steinen zu brechen schienen und auch daher dieses gewaltige Donnern verursachten, das sie fast bis ins Herrenhaus gehört hatten.

»Vielleicht kommt man über die Abzweigung dort hinunter«, mutmaßte Amalia.

»Vielleicht«, stimmte Nadja zu. »Irgendwo muss ja das Foto entstanden sein, und dort waren sie auf Höhe des Wassers, nicht so weit darüber.«

Dass es in dieser Anlage irgendwo aufgenommen wurde, daran hatte sie inzwischen auch keinen Zweifel mehr. Amalia nickte, und beide wandten sich um, zurück zu dem Durchgang aus dem sie gekommen waren – nur um mitten in der Bewegung zu verharren.

Sie waren nicht alleine.

Zuerst konnte Nadja nur eine Silhouette ausmachen, doch dann drehte die Gestalt die Öllampe, die sie bei sich führte, weiter auf und gab sich zu erkennen.

Emilia Nebelung, Amalias Mutter, stand dort vor ihnen.

Sie war in ein seltsames Kleid gehüllt, das sich in schwarzer, dichter Spitze eng um sie legte. Auch diesem Gewand haftete etwas altertümliches an, doch zugleich war es auf eine Weise provokant, die in scharfem Kontrast stand zu dem strengen Auftreten bei ihrem früheren Besuch. Dazu passten auch die Haare, die Amalias Mutter nun offen trug, eine wallende Mähne, die Nadja nicht gewohnt war bei Frauen in Emilias Alter.

»Mutter«, entfuhr es nun auch Amalia.

»Habt ihr den Weg also hergefunden«, stellte diese kühl fest.

»Haben Sie den Leichnam gesehen?«, fragte Nadja, unsicher wie sie die Situation deuten sollte.

»Natürlich habe ich ihn gesehen«, äffte Emilia. »Wer, glaubt ihr, hat ihn dort drapiert? Wer, glaubt ihr, hat ihm ein Ende bereitet?«

»Ihr habt ihn ermordet?«, fragte Amalia fassungslos.

»Warum?«, fragte Nadja fast zeitgleich.

»Oh, es bot sich in mehrerlei Hinsicht an«, erklärte Emilia in einem Plauderton, der unglaublich deplatziert wirkte, während sie die Öllampe vorsichtig auf dem steinernen Boden abstellte. »Zum einen war er zu aufmerksam. Es war ja nur eine Frage der Zeit, bis er den Gang herab nach hier gefunden hätte. Und zum anderen brauchte ich sein Blut.«

Nadja tastete nach Amalias Hand. Sie suchte Halt in der Nähe ihrer Freundin, doch diese starrte nur zu ihrer Mutter, die eigenen Hände zu Fäusten geballt, und Nadjas Finger griffen ins Leere.

»Schau«, fuhr Emilia fort, »es war wichtig, dich einzustimmen, Nadeschda. Es war wichtig, deine Sinne zu öffnen, in deinem Geist einen Weg zu ebnen für das, was bevorsteht. Wie eine Taufe. Eine Taufe, die wir natürlich noch vollenden müssen. Und du hast es gesehen, nicht wahr? In jener Nacht?«

Offenbar war ihr Nadjas Schweigen Antwort genug.

»Oh, dein Geist ist so stark. Du bist so kraftvoll, und ahnst es gar nicht. Du kannst das Gefäß sein, du kannst zu ihrem Vehikel werden. Zu lange ersehnen wir uns diesen Tag!«

»Wessen ... Vehikel?«, brachte Nadja hervor.

»Elisheba«, exklamierte Emilia. »Elisheba Kaltenstein. Die Erste. Die Mächtigste. Der Ursprung!«

»Wovon redest du?«, brachte Amalia schließlich heraus.

»*Du?* Was ficht dich an, so mit mir zu reden, Tochter? Aber du hast Recht. Es ist sicherlich auch meine Verfehlung. Vielleicht hätte ich es dir alles früher erklären sollen, vielleicht hätte ich in dich vertrauen sollen. Vielleicht hätte es mir«, und bei den Worten gestikulierte sie abfällig in Richtung der beiden Frauen am Felsrand, »dieses ganze Elend auch erspart?«

Emilia griff neben sich und hob einen anderen Gegenstand auf, den sie dort wohl platziert hatte. Es war ein Kelch, fast ein Pokal oder ein Messgefäß. Jedoch waren keinerlei Kreuze oder andere christliche Symbole auf der goldenen, im Lampenschein schimmernden Oberfläche zu erkennen. Eine zähe, rötliche Flüssigkeit schwappte träge darin umher.

»Elisheba Kaltenstein war es, die zuerst auf diese Insel kam. Sie hatte fliehen müssen, aber sie war stark in einer Kraft jenseits der schattenhaften Schleier. Eine Kraft, die sie aufgelesen hatte auf ihren Reisen durch die Eifellande. Sie errichtete dieses Haus, nicht einfach nur ein Anwesen, sondern ein Fokus für ihre Macht und ein Portal für das, was sie plante. Als sie starb, viel älter als je eine Frau geworden war, sagt man, kündigte sie an, sie werde wiederkehren. Drei Familien blieben zurück, um Wacht zu stehen für jenen Tag, an dem sie die Tore aufstoßen und ihre Getreuen mit den Gaben ihrer Gärten belohnen würde.«

»Die drei Familien«, verstand Nadja. »Kaltenstein, Dornhold und Nebelung.«

»Kluges Kind. Andere versuchten in der Vergangenheit durchaus, sich diese Kräfte selbst Untertan zu machen. Vor einigen Jahren wäre es einer fast gelungen, aber niemals reichte es. Doch du, Nadeschda, du wirst es können, daran habe ich keinen Zweifel.«

»Warum nennen Sie mich Nadeschda?«

»Es ist dein Name, Kind. Nadja, so hat dein Erzeuger dich genannt. So profan.« Emilia spie das letzte Wort regelrecht aus.

Amalia stand noch immer wie gefroren an Nadjas Seite, doch als ihre Mutter begann, sich den beiden zu nähern, trat sie entschieden nach vorne. Wollte sie zu Emilia treten, oder wollte sie sich ihr entgegenstellen, um Nadja zu beschützen? Was es auch war, ihre Mutter schien ungerührt.

»Tochter, lass uns allein.«

Emilias Worte warten keine Bitte. Sie glichen einer Ohrfeige. Die Blicke von Mutter und Tochter trafen aufeinander, gebieterisch die eine, aufgewühlt die andere. Ein stummes Kräftemessen schien zwischen den beiden stattzufinden, und Nadja konnte nur gebannt zuschauen. Etwas geschah dort, was mehr war als nur die Frage, wer wessen Blick standhalten konnte. Emilias Augen glichen dem Himmel einer mondlosen Nacht, unendlich, dunkel, einnehmend. Schließlich wandte Amalia ihren Blick gebrochen ab und flüsterte, gerade eben hörbar über dem dröhnenden Wasser: »Ja, Frau Mutter.«

Triumphierend wandte Emilia sich wieder der fassungslosen Nadja zu, während die Tochter ohne weitere

Worte und mit gesenktem Haupt zum Höhlenausgang trat.

»Hast du wirklich geglaubt, eure kindliche Tändelei hier würde etwas ändern?«, blaffte die ältere Dame, doch Nadjas Blick war unentwegt auf Amalia gerichtet. Ein letztes Mal hob diese die Augen in Nadjas Richtung, bevor sie aus der Höhle trat. Nadja wusste nicht, wie sie all dies deuten sollte. Hatte sich da, bevor sie außer Sicht war, etwas in Amalias Blick geregt? War es Bedauern? Resignation? Etwas anderes? Sie fühlte sich verraten, obwohl sie glaubte, dass es nicht wirklich Amalia war, die ihr den Rücken gekehrt hatte.

Oder doch?

War es die Beherrschung ihrer Mutter, oder hatte sie einfach aufgegeben, kämpfen zu wollen?

»Und wieder bist du alleine«, sprach Emilia voller Häme. »Weißt du eigentlich, wie viel Mühe es mich gekostet hat, dass es dazu kam?«

Nadjas Kopf ruckte herum.

»Was?«

»Oh, hast du es noch nicht begriffen? Glaubst du noch, dass es alles Zufall war?« Nadja wurde eiskalt. »Reinhold Brügge, der Mann, der vorgab dein rechtmäßiger Vater zu sein, als wäre er deiner würdig? Ein Mann wie ein Bär in bester Gesundheit, und dann streckt ihn ein Herzinfarkt nieder? Tragisch, wirklich. Auch dann das mit deinem Job, wo du doch immer so gute Arbeit gemacht hattest und sich nie zuvor jemand über dich beschwert hatte. Schlimm. Und dein Freund? Tadellos und voller Tugend? Es war erstaunlich schwer, jemanden zu finden, der ihn all das vergessen lässt. Ich muss dir lassen, die meisten Männer sind weit, weit einfacher zu Dummheiten zu verlocken. Aber letztlich gab auch er sich her. Nicht, dass er je eine Chance hatte.«

Nadja konnte nicht fassen, was sie dort hörte. Sie konnte, wollte nicht begreifen, was Emilia Nebelung gerade gesagt hatte. Nadja spürte Zorn in sich aufwallen; kalten, ungezügelten Zorn, während Emilia langsam auf sie zugeschritten kam, die Schleppe ihres seltsamen schwarzen Hexenkleids einem Spinnweben gleich weit hinter ihr ausgebreitet. Sie war die Gestalt gewesen, die sie in der ersten Nacht im Statuengarten gesehen hatte.

Statuen.

Plötzlich wurde sich Nadja des schwarzen Idols wieder bewusst, das sie noch immer in ihrer rechten Hand hielt. Des leisen Flüsterns, das sich in das Rauschen des Wassers zu weben schien. *Nadeschda*, hallte es durch ihre Gedanken, *Herrin von Kaltenstein.*

»Schwierig war es nur, dich überhaupt aufzuspüren. Lange dachten wir, du seist tot. Deine Mutter, die Hure, hat behauptet, sie hätte dich hier, genau an dieser Stelle in die Fluten geworfen. Acheron war außer sich. Natürlich hatte er da noch nicht begriffen, dass sie ihm Hörner aufgesetzt hatte. Auch das hat er nicht gut verkraftet. Wie auch? Generationen haben wir darauf gewartet, Generationen haben wir die Familien rein gehalten, ihr Blut stark. Margarethas Kind hätte das erste sein sollen, in dem das Blut zweier der Familien hier floss, der vorletzte Schritt – und sie hat es weggeworfen für diesen albernen Knecht.« Sie seufzte. »Aber wir schenkten ihr trotz allem einen schnellen Tod. Sie war schließlich immer noch eine von uns.«

Erkenne dich, flüsterte es jenseits ihrer Gedanken. *Sie hat nichts verstanden.*

»Ihr seid Monster!«, zischte Nadja, Tränen in den Augen.

»Zugegeben, zuerst war ich enttäuscht, als ich Begriff, dass die Dirne sich ihrem Kammerdiener hingegeben hatte. Ihre Verbindung zu Acheron, sie hätte der krönende Schritt sein sollen. Aber dann wurden wir auf dich aufmerksam. Beobachteten dich. Nadeschda, du hast so viel Potenzial«, fuhr die Hexe ungerührt fort. »Du kannst diejenige sein, in der all die Macht von Elisheba sich bündelt. Du kannst diejenige sein, die ihrer schwarzen Seele den Weg zurück auf Erden ermöglicht. Und du musst nicht einmal mehr viel entsagen. Nadeschda! Siehst du nicht, wie ich all die alten Zöpfe bereits abgeschnitten habe? Für dich?«

Schritt für Schritt kam sie näher. Nadja wich noch zwei Schritte zurück, doch spürte sie, wie ihre Fersen nun bereits auf der Kante des Felsens ruhten. Hinter ihr nichts als Tiefe und rauschendes Wasser.

Kusche nicht wie ein Tier, hauchte es in ihrem Kopf. *Gebiete wie eine Königin.*

»Diese albernen Gefühle für meine Tochter? Nebensache. Ich kann sie dir überlassen, wenn du willst. Du wirst den jungen Paul in anderem Licht betrachten müssen, immerhin gilt es auch, deine Ahnenlinie zu erhalten. Er ist kein Dornhold, zugegeben, aber er wird taugen. Wenn dein Erzeuger eines bewiesen hat, dann dass die Rolle des Vaters schwindend gering ist. Was du aber darüber hinaus tust, wen du darüber hinaus willst, ist ganz dir überlassen.« Die letzten Sätze hatte sie fast amüsiert geklungen, doch nun wurde ihre Stimme fest. »Schlag einen Pakt mit mir, Nadeschda, und ich werde dir Macht überantworten, von der du nur träumen kannst. Diese Insel wäre dein. Elishebas Erbe wäre dein. Amalia auch, wenn du magst.«

Emilia war nur noch eine Armeslänge entfernt. In ihrer Hand noch immer der Kelch mit der zähen, roten Flüssigkeit.

Ergreife, was dir zusteht.

»Amalia«, wiederholte Nadja flüsternd.

»Trink«, säuselte Emilia. »Trink, und all deine Träume werden dein.«

Trink, und zeige ihr, wo ihr Platz ist.

»Trink, und mach sie dir auf ewig untertan.«

Nadja hob den Blick. »All dieses alte Wissen, diese alte Macht, und doch bist du viel zu blind, um eine essenzielle Wahrheit zu begreifen.«

»Oh?«, kicherte Emilia. »Und welche ist das?«

»Liebe«, knurrte Nadja, »braucht Freiheit.«

Und mit diesen Worten schwang sie das schwarze Idol empor und ließ es, ohne zu zögern, auf Emilias Kopf niederkrachen. Das Flüstern in ihren Ohren verklang augenblicklich. Doch ein tiefes, dumpfes Knacken ertönte, als die steinerne Statuette auf den Kopf der Hexe traf und sie mit einem tiefen, tierhaften Schrei zurückwich. Der Becher entglitt ihr, die zähe Flüssigkeit ergoss sich über den felsigen Boden. Die Statuette zerbarst, als sie daneben aufschlug. Sie gab eine Wolke aus Asche frei, die darin verborgen gewesen war und nun im Schein der Bauleuchte zerstob. Als habe Emilia die Kontrolle über ihren Körper verloren, taumelte sie mit rudernden Armen zurück, erfüllt und erschüttert von unnatürlichen, verstörenden Bewegungen.

Nadja nahm all dies in weniger als einem Lidschlag wahr, aber zögerte nicht länger, dachte nicht nach. Sie würde Emilia keine Chance mehr geben. Würde sich ihr trotz allem nicht nähern. Sie wusste, was sie tun musste.

Auf der Stelle machte Nadja kehrt und tat einen einzelnen, letzten Schritt, hinab in die tiefe, den tosenden Fluten entgegen.

Teil 4

NADESCHDA

21

FLUTEN

Fallen.

Taumeln.

Stürzen.

Ein Schrei.

Wessen Schrei?

Ihrer.

Sekunden.

Eine Ewigkeit.

Und dann –

– der harte Aufprall auf die tosenden Wogen des Wassers.

Wasser, das in ihren zum Schrei geöffneten Mund drang, sie husten ließ, nach Luft schnappen und doch nur noch mehr Wasser schlucken.

Wasser, das sie ergriff, sie fort riss, nach unten sog, in ihre Augen drang.

Wasser, das alles um sie herum auszublenden schien, das sie gelegentlich an die Oberfläche ließ, nur um danach wieder in peitschender Gischt über ihr zusammenzuschlagen.

Nadja zog die Arme und Beine so gut es ging an ihren Körper heran, um nicht gleich an den schroffen

Felsen zu zerschellen, die zu beiden Seiten neben ihr aufragten.

Der Triumph, das Gefühl gleich einem Sieg, als sie über die Kante trat, war vergangen, wurde fortgespült von den donnernden Fluten. Doch war das Gefühl nicht wilder Todesangst gewichen, sondern der ruhigen, distanzierten Gewissheit, dass sie nun sterben würde.

Immer wieder prallte sie gegen die umliegenden Steinwände, und sie wusste, dass sie etwas tun musste, dass sie entweder jetzt handeln würde, oder nie wieder. Ihre Lunge brannte, ihr ganzer Hals, ihr Körper schmerzte, und obgleich es zu dunkel war, um etwas zu sehen, war sich Nadja doch sicher, dass sie aus diversen Wunden bluten musste.

Sie hatte Glück bisher, begriff sie, dass es ihre Schultern, ihre Arme und Füße gewesen waren, die gegen die Fellswände geschleudert wurden. Wäre es ihr Kopf, würde sie bewusstlos, dann wäre ihr Leben verwirkt.

Vielleicht sollte es ja so sein.

Selbst ohne Zusammenprall würde sie bald das Bewusstsein verlieren. Sie fühlte sich seltsam dumpf, fühlte sich, als wäre es gar nicht mehr ihr Körper, der dort als Spielball der Wellen zu Tode gemartert wurde. Als wäre es nicht ihre Lunge, die kreischend nach Sauerstoff schrie und die doch nichts als Wasser fand.

Sie könnte loslassen, begriff sie.

Sie konnte es hier enden lassen.

Kein Leid mehr. Keine Qual.

Endlose Stille.

Einfach sterben.

Aber etwas sträubte sich in ihr.

Sie wollte nicht sterben.

Ein seltsamer, fremder Gedanke, der durch all das dumpfe Echo in ihrem Inneren langsam Form annahm.

Sie wollte nicht sterben. Sie wollte leben.

Hilflos, ziellos hob sie ihre Hand, reckte sie in die Richtung, von der sie orientierungslos hoffte, dass dort oben sei, durchstieß schließlich die Fluten.

Ihre Fingern brachen durch das endlos dunkle Wasser, die Hilfe suchende Geste einer Verzweifelten, gefangen in einem Moment ewiger Unsicherheit, ob jemand die Hand rechtzeitig ergreifen wird.

Die Schwärze vor ihren Augen war irgendwie noch dunkler als die lichtlose Kluft, durch die sie trieb. Schwärze, die vom äußeren Rand ihrer Wahrnehmung kam, die sich langsam um ihre Augen wölkte, die all dem ein Ende bereiten würde.

Etwas berührte ihre tastenden Finger.

Nein, etwas ergriff ihre tastenden Finger.

Stark, kräftig, packte etwas ihre Hand, riss an ihrem Arm, als wolle man ihr die Schulter aus dem Gelenk zerren, gerade als die schwarzen Schwaden die Mitte ihrer Sicht erreicht hatten und das Rauschen des Wassers in der Ferne zu verklingen schien.

›Amalia‹, war der letzte Gedanke, den Nadja hatte – bevor es endgültig dunkel wurde um sie.

22

REINIGUNG

Die Welt kehrte zu Nadja zurück, und mit ihr eine Welle der Schmerzen.

Sie schnellte hoch, einem Instinkt folgend, kippte zur Seite und spie Wasser aus – viel mehr, als sie für möglich gehalten hätte. Dann rollte sie zurück auf ihren Rücken und rang nach Luft. Jede Faser ihrer Atemwege schmerzte, als wären sie voller Glasscherben, doch begierig rang ihre Lunge nach Leben. Nur vage, wie durch einen Nebel, realisierte sie, dass Amalia bei ihr war, dass sie weinte und sich an sie drückte.

So verharrten sie einen langen Moment.

Schließlich nahmen sie sich, beide atemlos, gegenseitig in den Arm und hielten einander. Amalia war nicht weniger nass als Nadja, deren Kleidung durchtränkt an ihrem Körper zu kleben schien. Sie musste hinter ihr her ins Wasser gesprungen sein.

Sie hatte sie nicht verraten.

Sie hatte sie gerettet.

Erst jetzt begann Nadja langsam zu realisieren, wo sie waren. Sie lagen auf einem kleinen Felsstreifen direkt neben dem tosenden Wasser, noch immer in der Höhle. Es war der Ort, den sie auch auf dem Foto gesehen hatten.

Nadja schob Amalia ein Stück von sich und blickte ihr in die Augen.

»Du hast mich gerettet!«

»Natürlich!«

»Woher wusstest du —«

»Ich wusste es nicht«, fiel ihr Amalia ins Wort, noch immer schluchzend. »Ich hörte, wie du im Wasser aufschlugst, irgendwie hörte ich es trotz des Rauschens. Und dann hab ich nicht gezögert, bin den Gang entlang, die Abzweigung, hinab und hinab, bis ich am Wasser ankam. Und dann sah ich dich. Du warst schon weiter herabgetrieben, ich glaubte du wärst tot. Aber dann sah ich deine Hand wieder auftauchen und hab nicht nachgedacht. Ich bin einfach hinterher.«

»Das war ... dumm!«

»Ja!«, lachte und schluchzte Amalia zugleich.

»Danke«, brachte Nadja ebenso unkontrolliert hervor. »Als du dich da oben abgewendet hast ...«

»Ich weiß«, sagte Amalia nur. »Aber ich weiß gar nicht genau, was da passierte. Du erinnerst dich an den Nebel, von dem ich dir erzählte? Der auf mir zu lasten schien?«

»Natürlich.«

»Der zog plötzlich wieder auf. Nur die Stimme meiner Mutter drang hindurch, hieß mich gehen. Und ich ging. O Nadja, es tut mir so leid, dass ich ging. Aber dann an dem Durchgang zwang ich mich, zwang mich wirklich, noch einmal zu euch zu sehen. Und dort fing ich deinen Blick auf, der einmal mehr durch den Nebel fuhr. Ich brauchte noch einen Moment, bis ich wirklich Herrin meiner Sinne war – und dann hörte ich, wie du ins Wasser fielst.«

Beide lachten sie, ohne zu verstehen, warum genau.

Schließlich erhoben sie sich, beide verfroren, entkräftet und zerschunden von der Zeit im Wasser, und begannen, dem Lauf des Wassers zu folgen. Sie folgten dem schmalen Felsstreifen und dem Verlauf des Wassers, während die Höhlen hinter ihnen sonst reglos schienen. War Emilia tot? Bewusstlos?

Als sie einen Luftzug spürten, beschleunigten beide ihre Schritte und traten letztlich hinaus ins Freie.

Sofort wurden sie von Sturm und Regen begrüßt, die noch immer auf die Insel niedergingen. Sie standen am Fuße der Steilküste und Nadja glaubte, gar nicht weit von dem Ort am Statuengarten entfernt, an dem sie vor einer gefühlten Ewigkeit nach hier herabgeblickt hatte.

Ihnen war beiden kalt und die altertümlichen Kleider, die sie sich im Haus übergestreift hatten, klebten eisig an ihrer Haut, aber eine andere Zuflucht als die Höhle, in der sie beinahe ertrunken waren, gab es nicht, also folgten sie nun der Steilküste ein Stück, bis sie einen Abhang fanden, von dem sie glaubten, ihn erklettern zu können. Beide waren sie nicht vorbereitet, weder Nadjas Turnschuhe noch Amalias Stiefel fanden viel Halt, aber langsam gelangten sie nach oben.

Sie stützten einander, bahnten sich von einem verkrümmten Baum zum anderen ihren Weg und standen schließlich, noch erschöpfter als zuvor, auf festem Boden. Vor ihnen, in Sturm und Niederschlag kaum auszumachen, ragten die einsamen Silhouetten der Statuen in die Nacht, erhellt nur von den gelegentlichen Blitzen. Jedem Aufleuchten folgten ein tiefer Donnerschlag nach, den sie zwar hörten, aber mehr noch in ihren Mägen spürten. Es war, als hinge das Gewitter über der Insel und weigere sich, seiner Wege zu ziehen.

Das Anwesen, Kaltenstein, lag vor ihnen, und doch zögerten sie beide, anstatt direkt in die trockene Zuflucht des Hauses zu fliehen.

»Elishebas Haus«, sagte Nadja schließlich.

»Dein Haus«, versuchte es Amalia, doch Nadja schüttelte den Kopf.

»Du hast ja gehört, was deine Mutter sagte. Ein Fokus. Ein Portal für Elishebas Pläne.«

»Du glaubst ihr?«

»Ich weiß nicht, ob ich daran glaube, dass eine komische Hexe aus der Vorzeit wiederkehren kann«, gab Nadja zu. »Aber zu viel Böses passiert hier. Meine Mutter. Mein Vater. All das, was mir passierte, bevor ich herkam, alles nimmt hier seinen Anfang. Nathan, all die anderen Verschwundenen – und es kann nicht sein, dass nur deine Mutter davon weiß. Es ist diese Insel.«

»Wir könnten fortgehen«, schlug Amalia vor.

»Würdest du mitkommen?«, fragte Nadja. »Alles hier zurücklassen, hinein ins Ungewisse?«

»Nadja, ich bin vorhin in den sicheren Tod gesprungen, um dich aus dem Wasser zu ziehen. Natürlich komme ich mit! Lass uns gehen, hinab zum Anleger. Wir warten und wir nehmen die erste Fähre, die kommt. Fort von der Insel und nur immer weiter fort.«

»Das tun wir«, stimmte Nadja zu, bevor ihr Blick hart wurde und sich auf das Anwesen richtete. »Aber zuvor beenden wir dies hier. Noch heute Nacht.«

Sie hatten den Schuppen mit dem Generator und den Kanistern gut verschlossen vor dem Sturm, sodass sie nun ihre liebe Mühe hatten, ihn wieder zu öffnen, doch letztlich gelang es.

Der Regen zeigte weiterhin keinen Willen, nachzulassen, doch bemerkten Nadja und Amalia ihn kaum noch. Die Gedanken fixiert auf diese letzte Konsequenz, diesen martialischen Schlussstrich, den sie im Begriff waren zu ziehen, schienen sie beide stumm übereingekommen zu sein, dass es hier nun enden würde. Mit je zwei Kanistern in ihren Händen umrundeten sie das Anwesen, traten durch die Vordertüre ein und begannen, das Benzin zu verteilen. Nadja fragte sich, ob es reichen würde. Sie hatten viel Benzin und sicherlich, die Holztreppe, das Stäbchenparkett, die Vorhänge, vieles würde gut brennen. Aber die Wände waren aus Stein, der Regen durchnässte weiterhin alles – ganz gleich jedoch, sie mussten es versuchen.

Sie leerten die vier Kanister und eilten zurück zum Schuppen, nahmen sich vier weitere und setzten ihr Werk fort. Als sie das dritte Mal in den Garten liefen, um die letzten Kanister zu holen, schien endlich ein Ende des Unwetters in Sicht. Die Wolken reichten nicht mehr ganz bis zum Horizont und gaben so den Blick frei auf die ersten grauen Schemen der Morgendämmerung.

Hoffnung erfüllte Nadja.

Hoffnung, die in ihr gefror, als sie sahen, dass am Schuppeneingang eine Gestalt auf sie wartete.

Paul.

»Hey«, begrüßte er sie mit dem gleichen, gekünzelt dunklen Tonfall, den er immer aufzusetzen schien, wenn er das Wort an die Frauen richtete.

Nadja wollte ihn gerade ansprechen, da setzte er sich bereits in Bewegung. Er hatte eine Schaufel hinter sich gehalten, die er nun mit bemerkenswerter Geschwindigkeit durch die Luft kreisen ließ. Nadja reagierte, hob die Arme und wehrte so ab, dass das Schaufelblatt ihren Kopf traf, wurde jedoch von der Wucht des Hiebs zu Fall gebracht.

Paul setzte seine Drehbewegung fort und erwischt Amalia mit einem Tritt, bevor diese sich groß bewegen konnte.

»'schuldigung Mädels«, knurrte er, »Frau Nebelung hat gesagt, ihr könntet Dummheiten begehen.«

Amalia war schon wieder halb auf den Beinen, doch erwartete die flache Seite der Schaufel sie bereits. Mit einem dumpfen Schlag hob Paul sie regelrecht von den Füßen und ließ sie seitlich wieder zu Boden gehen. Der Grund um den Schuppen war zwar nicht gepflastert, aber festgetreten über zahlreiche Generationen und der Aufprall raubte Amalia den Atem.

Nadja stand nicht ganz auf, sondern rollte sich auf ihre Knie. Sie sah den nächsten Hieb kommen und fing den Stiel der Schaufel, als er nah genug war. Schmerz durchzog ihre kompletten Unterarme, die Gewalt hinter dem Schlag überraschte sie trotz allem.

»Du vor allem«, schimpfte Paul, offenbar bisher kaum außer Atem. »Nichts als Flausen im Kopf.«

Nadja musste die Schaufel weiter mit beiden Händen festhalten und konnte darum wenig tun, als sie einen weiteren Tritt kommen sah. Sie drehte sich etwas, um ihn nicht geradeheraus abzubekommen. Das gelang ihr zwar, doch Pauls schwerer Schuh traf sie dennoch hart am Beckenknochen. Der Schmerz ließ sie mit spitzem Schrei zusammenfahren und der Stiel des Grabwerkzeugs entglitt ihren Fingern.

Nun war Paul schneller, und die flache Seite der Schaufel traf sie seitlich am Kopf, ohne dass Nadja noch etwas entgegnen konnte. Alles um sie herum ging in einem seltsam schwerelosen Reigen aus Farben auf, der erst nachließ, als sie hart auf dem Boden aufschlug. Sie brauchte einen Moment, um sich überhaupt zu orientieren, und einen langen, weiteren, um sich unter Kontrolle zu bekommen.

So schnell sie konnte, setzte sie sich wieder auf, doch die Strapazen der letzten Stunden begannen, ihren Tribut zu fordern. Trotz aller Schmerzen weiterhin kampfbereit, verharrte sie dann jedoch.

Paul hatte Amalia zu Boden gerungen, stand nun mit einem Stiefel auf ihrem Bauch und hatte die Schaufel wie zu einem Spatenstich erhoben, direkt über ihrem Hals.

»Ah, ah, ah«, warnte er Nadja. »Ich will das nicht tun. Ihr müsst euch nur benehmen. Euch fügen.«

Nadja war ratlos. Sie konnte, wo sie lag, nicht einmal Amalias Gesicht sehen und hoffte, dass sie überhaupt noch bei Bewusstsein war. Was konnte sie tun? Aufgeben und hoffen, dass sie eine weitere Chance bekamen? Sich auf Paul stürzen in der völlig vergebenen Hoffnung, schnell genug bei ihm zu sein, um Amalia zu schützen?

Da bemerkte sie plötzlich etwas auf dem regennassen Dach des Schuppens. Eine kleine, fast winzig wirkende Gestalt, die sich mit langsamen, nahezu nicht wahrzunehmenden Bewegungen an den Rand geschlichen hatte. Gelb leuchtende Augen funkelten in der Dunkelheit. Plötzlich rührte der kleine schwarze Kater sich, sprang vom Rand des Daches und umklammerte mit den Krallen aller vier Beine Pauls Kopf.

Dieser schrie, ließ die Schaufel fallen und taumelte ein paar Schritte von Amalia herunter, in dem Versuch, die wildgewordene Katze zu fassen zu bekommen. Er brauchte mehrere Anläufe, orientierungslos in Regen, Dunkelheit und Wind, schrie erneut und blutete sichtbar aus zahlreichen Schrammen.

Dann aber bekam er den Kater zu fassen, riss ihn sich vom Haupt und warf ihn, einen gutturalen Zorneslaut von sich gebend, mit all seiner Kraft in den Schuppen, wo das Tier polternd von der Dunkelheit verschluckt wurde.

Bis dahin jedoch war Nadja bei ihm. Mit aller Wut, die in ihr kochte, mit all dem Zorn, der siedend immer nur mehr und mehr geworden war – auf Paul, auf Emilia, für Amalia und sogar für den Kater – schwang sie die Schaufel, die Paul zuvor entglitten war.

Sie nutzte nicht die flache Seite.

Mit einem scharfen Geräusch drang das flache Metall in Pauls Hals, der sie nur noch einen letzten Augenblick völlig ratlos anblickte, und dann wie ein lebloser Sack in sich zusammenbrach.

Nadja eilte weiter zu Amalia, die jedoch bei Bewusstsein und – den Umständen entsprechend – unversehrt war. Nachdem sie sich versichert hatten, dass sie zwar endgültig zerschunden, aber wie durch ein Wunder beide nicht ernstlich verletzt waren, halfen sie einander auf.

Ihr Blick wanderte gerade zu dem Schuppen, in dem die letzten Kanister weiter auf sie warteten, als aus dem Schatten der Türe der schwarze Kater trat. Auch er schien unverletzt, wenn man von seiner Ehre absah. Er setzte sich etwas abseits, schien für einen Moment auf den Leichnam Pauls zu blicken und begann dann, sich mit seiner Pfote die Ohren zu putzen, als gäbe es nichts anderes von Bedeutung in der Welt.

23

DER ANLEGER

Wenngleich die Sonne den Sprung über den Horizont noch nicht geschafft hatte, als die beiden Frauen laufend den Anleger erreichten, so war der silberne Glanz doch längst mehr als nur ein Streif am Horizont. Der neue Morgen stand bevor und damit die Aussicht, all dies zurückzulassen wie einen finsteren Albtraum. Für Nadja waren es nur einige Wochen gewesen, von denen sie die meisten durchaus genossen hatte, bevor sich alles gegen sie wandte – und was erst in Amalia vorgehen musste, konnte sie sich kaum vorstellen.

Doch auch Nadjas Herz schien einen Schlag auszusetzen, als sie ihren Blick noch einmal zurück zur Insel richtete und sah, wie hinter den Bäumen, auf der abgewandten Seite des Eilands, ein feurig-roter Schein den Himmel erhellte. Kaltenstein brannte.

Auch ihr war klar, dass sie nicht einfach würde gehen können. Es würde Fragen geben. Es war ihr Haus, das dort brannte, und womöglich würde man nach dem Brand drei Leichen auf dem Grundstück finden. Aber das waren Herausforderungen, die sie meistern konnten, wenn es soweit war. Sie wollte von dieser Insel herunter, so schnell es ging. Sie traute ihrer Wahrnehmung hier nicht mehr wirklich, ihrer Urteilskraft; ja, sie traute sich selbst nicht vollauf.

Im Ort hatte offenbar noch niemand den Brand bemerkt. Nadja fragte sich hoffnungsvoll, ob das vielleicht auch noch lange genug dauern würde, bis sie fort war. Wenn es hell genug wurde, um das Leuchten der Flammen zu verbergen, und zugleich die dunkelgrauen Wolken lange genug über der Insel verharrten, dass der Rauch nicht direkt bemerkt wurde ... vielleicht.

Die Wolken waren ohnehin wunderlich, realisierte sie. Sie schienen nur noch über der Insel zu hängen, als hätten sie sich an einem unsichtbaren Gebirgsmassiv verfangen, denn wenn sie mit den Augen den Horizont absuchte, konnte sie sehen, dass über dem Festland der Himmel wieder klar zu sein schien. Als sie jedoch landwärts blickte, konnte sie noch aus einem anderen Grund das freudige Jauchzen in ihrer Kehle nicht zurückhalten.

»Die Fähre!«, frohlockte sie.

Auch Amalia folgte nun ihrem Blick und tatsächlich: Am anderen Ufer konnten sie die Lichter der Fähre ausmachen, die scheinbar gerade aufgebrochen war. Das Wasser war noch in Unruhe nach dem Sturm, doch das gewaltige, metallene Schiff begann, sich seinen Weg zu bahnen. Nicht mehr lange, dachte Nadja bei sich, und sie wären fort.

»Nadja«, begann Amalia in diesem Moment ernst, »wir sollte noch über eine Sache reden.«

»Worüber?«, fragte Nadja sorgenvoll.

»Hör zu ... wir vermögen nicht zu sagen, welche Gedanken unsere eigenen waren. Oder sind. Was, wenn dieses Gefühl von Klarheit eine weitere Täuschung ist? Du und ich, wir sind die letzten Kinder der Familien Nebelung und Kaltenstein. Was, wenn irgendetwas nur möchte, dass wir beieinander bleiben. Sind wir ein Risiko? Gibt es ein Risiko für uns? Sind wir einander wahrhaftig?«

Beherzt ergriff Nadja Amalias Hände.

»Es gibt keine Gewissheit«, sagte sie entschlossen. »Es gibt keine Gewissheit, außer einer. Amalia, wir kennen uns seit einigen Wochen. Das wäre zu wenig, um Treueschwüre bis zum Grab zu hauchen, selbst wenn wir keine verborgenen Räume, unterirdischen Labyrinthe und finstere Familiengeheimnisse auf uns lasten hätten.«

Amalia nickte bedrückt, doch Nadja war noch nicht fertig.

»Jedes Mal, wenn Menschen einander sagen, dass sie ein Leben miteinander versuchen möchten, ist es am Ende ein Schritt ins Ungewisse. Und ich möchte diesen Schritt ins Ungewisse wagen.« Sie schluckte. »Vielleicht gelingt es nicht. Vielleicht scheitern wir ganz schrecklich. Wir haben bisher sehr unterschiedliche Leben gelebt, vielleicht schaffen wir es nicht, die zu vereinen. Es ist möglich, dass wir uns furchtbar verletzten dabei. Aber Amalia, lass es uns wagen, denn wir zwei? Das scheint mir ein Preis zu sein, der jedes Risiko wert ist.«

Bekräftigend drückten sie einander die Hände und verharrten einen langen Moment so. Aber dann blickten sie beide, wie von einer dunklen Ahnung getrieben, zurück in die Richtung Kaltensteins.

Sie waren nicht länger allein.

Eine einsame, dunkle Gestalt näherte sich ihnen, langsam aber stetig, auf dem Weg, der durch das Dorf zum Anleger führte. Beide hatten sie für keine Sekunde Zweifel, wer es war. Emilia war gekommen, um sie aufzuhalten.

Nadjas Blick fuhr unwillkürlich zur Fähre herum, doch diese war noch weit entfernt. Niemals würde sie vor Emilia den Steg erreichen.

Amalias Mutter war ebenso durchnässt wie die beiden Frauen auf dem hölzernen Steg. Sie musste zu sich gekommen sein, als das Haus schon brannte, erkannte Nadja, und hatte den selben Weg in die Freiheit genommen wie sie. Je näher Emilia kam, desto besser erkannten sie, wie zerzaust sie war. Ihr seltsames Kleid war an einigen Stellen eingerissen und schlammbedeckt, ihr Haar ein einziger Wust. Ihr vor Zorn verzerrtes Gesicht war zur Hälfte von Blut verkrustet. Doch an ihrer Seite, in ihrer rechten Hand, glitzerte etwas im ersten Licht des Morgens. Ein Messer, schien es. Ein spitzes, ausnehmend schlankes Messer.

»Du hättest alles haben könnten«, fauchte sie halb wahnsinnig, kaum dass sie nah genug heran war, um überhaupt gehört zu werden.

Nadja und Amalia sahen sich um. Sicher, sie könnten laufen, aber dann würden sie die Fähre womöglich verpassen. Emilia wirkte nicht, als würde sie sich gerade um mögliche Zeugen scheren. Und wem konnten sie auf der Insel wirklich trauen? Wen hatte Emilia womöglich noch unter ihrer Kontrolle?

»Dein Kind hätte Elishebas Wiedergeburt sein können«, brüllte sie nun und deutete mit der makellosen Klinge auf Nadja. »Die Welt hätte dir zu Füßen gelegen! Generationen haben wir daran gearbeitet! Und du wirfst es weg!«

»Ich will deine Welt nicht«, keifte Nadja nun zurück, als Emilia den Steg erreichte. »Ich will weder deine Macht, noch deine Lügen, noch deine Intrigen!«

Emilias Schritte hallten laut von den Holzbohlen wieder. Für einen Moment waren sie neben dem Wind und dem Glucksen des Wassers die einzigen Geräusche.

Dann eiferte sie: »Alle deine Träume! Denk doch nach, Kind. Nadeschda, noch ist es nicht zu spät! Komm zu mir, lass uns vergessen, was war. Wir sind doch auf einer Seite!«

Nicht nur ihr fanatischer Tonfall strafte die beschwichtigenden Worte Lügen, sie schien sich nicht einmal bewusst zu sein, dass sie zugleich mit einer kalten Klinge gestikulierte.

»Du hast mir den Vater genommen!«, grollte Nadja, die spürte, wie sich etwas in ihr rührte. War es Zorn? Hass? »Du hast mir die Mutter genommen, die ich nicht mal kennengelernt habe! Und für was? Den Irrglauben einer Verrückten, die hier vor Generationen einen Kult aufgebaut hat?«

»Elisheba«, schnappte Emilia empört nach Luft, »hatte mehr Wert als ihr beide zusammen!«

Amalia keuchte auf, und Nadja wurde sich bewusst, dass diese Worte nicht nur von einer Verrückten, sondern ohne Reue von einer Mutter zur Tochter gesprochen wurden.

»Aber die Früchte«, knurrte Emilia nun leise, »die Margaretha und ich in die Welt trugen, sind verdorben. Das erkenne ich nun.«

Einen Moment waren alle drei Frauen ganz still und reglos, nur das Plätschern des Wassers und das Knarzen des hölzernen Stegs waren zu hören.

»Wenn das Kind von Kaltenstein verdorben ist, muss zumindest ihr Blut genutzt werden!«

Mit diesen Worten stürzte Emilia vor, riss die Klinge zurück und ließ sie dann mit einem gellenden Schrei herabstoßen. Nadja reagierte nicht rechtzeitig.

Amalia schon.

Mit einem schnellen Schritt war sie zwischen die anderen beiden getreten, und die Klinge traf nicht Nadjas, sondern Amalias Bauch.

Die Wucht des Schlages ließ sie zurücktaumeln. Amalias Blick war finster, der ihrer Mutter von sichtbarem Entsetzen gekennzeichnet. Dann ging Amalias letzter Taumelschritt ins Leere, und sie stürzte rücklings von dem Steg herab.

Das Gefühl, das sie zuvor erahnt hatte, erfüllte Nadja, wie sie es noch nicht gekannt hatte. Es war wie Wut, wie Zorn, doch ein Feuer, das viel heller brannte – und zugleich dunkler. Es schien etwas in ihr zu verzehren, von dem sie bisher nicht gewusst hatte, dass es brennbar war.

Sie schrie nicht, als sie sich auf Emilia stürzte. Obwohl etwas in ihr loderte, breitete sich in ihr eine seltsame Ruhe aus, eine dumpfe Art der Stille. Dumpf registrierte sie auch, wie das Messer in Emilias Hand ihr mehrere Schnitte zufügte, doch sie ignorierte das. Mit rohem Schwung hob sie Emilia von den Füßen und stürzte dann, die tobende Frau voran, mit ihr auf den hölzernen Steg.

Beide begannen, um die Klinge zu ringen. Nadja nutzte ihr Gewicht, um die ältere Frau auf den Boden zu drücken. Älter, aber auch kräftiger, erkannte sie. Doch noch immer hatte sie den Anblick vor Augen, wie Amalia rücklings vom Steg gefallen war. Gefallen, nachdem sie den Klingenstoß abgefangen hatte, der Nadja gegolten hatte. Sie öffnete sich weiter diesem Gefühl in ihrem Innersten und spürte, wie der Schmerz in ihren Armen fortgewehte wurde wie stehende Hitze von einem lauen Sommerwind. Sie hatte nur eine Hand frei, drängte mit der anderen weiter Emilia zu Boden. Doch diese eine Hand reichte, um die Klinge in Emilias Fäusten zu packen und in einem langsamen Streben zu wenden. Die Spitze drehte sich, obwohl ihre Gegnerin mit zwei Händen Widerstand leistete, drehte sich immer weiter, bis sie über Emilias Augen schwebte.

»Nadeschda!«, brüllte diese nun, ob in Furcht oder Triumph vermochte Nadja nicht zu sagen.

In diesem Moment vernahmen beide ein nasses Klatschen und Poltern. Beide Frauen blickten den Steg herab und sahen erstaunt, wie zunächst ein einzelner Arm Amalias nach den Holzplanken griff, dann ein zweiter, und sie sich anschließend mit großer Kraftanstrengung auf den Steg zog.

Sie lebte!

Nadja zögerte.

Emilia nicht.

Mit einer unerwarteten Bewegung stieß die ältere Frau von unten gegen Nadja, drückte sie mit den Knien beiseite und rollte sich auf sie. Beide Frauen hielten den Dolch nun mit beiden Händen und doch erkannte Nadja, dass was auch immer sie zuvor beseelt hatte, beim Anblick Amalias wieder aus ihr gewichen war. Noch zeigte die Klinge zu Emilia, aber sie spürte, dass sie ihr nicht lange etwas würde entgegensetzen können.

Schweigend fixierten sie einander. Die Klinge funkelte arglistig zwischen den beiden, schimmerte kühl und und gierig in der Morgendämmerung. Nadja spürte den Schmerz in ihren Armen wieder, teils von den Schnitten und teils von Muskeln, die bis in die letzte Faser gespannt waren. Sie sah ihr eigenes Blut aus den Wunden herabtropfen, und sie spürte Emilias Wärme direkt über ihr. Noch hielt Nadja Stand, doch bald würde die letzte Kraft sie verlassen.

»Du warst so nah!«, entfuhr es Emilia schließlich. Die Frau war außer sich, Speichelfäden flogen aus ihrem Mund, während sie noch kraftvoller an dem Messer zerrte. Nadja spürte, wie sie ihr das Messer entwand. Das Blut an den Händen beider Frauen war schlüpfrig und nahm Nadja den notwendigen Halt. Sie spürte, wie sich die Finger Emilias langsam, aber unaufhaltsam in ihren eigenen immer weiter zurück bewegten. Und noch immer schrie die Hexe ihr ins Gesicht: »So nah und so stark! Vielleicht irrten wir! Vielleicht bist du gar nicht die Mutter! Du bist die –«

In diesem Moment stürzte sich Amalia, wieder weit genug zu Kräften gekommen, von hinten auf ihre Mutter. Es war ein unkontrollierter Angriff, doch traf es Emilia unvorbereitet. Der Schwung ihrer Tochter trieb sie nach vorne – und genau in die Klinge, die noch immer grob in ihre Richtung zeigte.

Das schlanke Metall drang beängstigend leicht, ohne jeden Widerstand oberhalb des Schlüsselbeins in Emilias Hals.

Die Augen der Frau weiteten sich vor Schreck und Unverständnis. Doch starb sie nicht, sondern versuchte, von der Klinge freizukommen.

»Nadeschda!«, röchelte sie.

»Mein Name«, antwortete die letzte Tochter von Kaltenstein kühl, »ist Nadja.«

Und mit diesen Worten stieß sie Emilia Nebelung von sich – und vom Steg.

Nadja verlor ihr Bewusstsein, noch bevor die andere Frau das Wasser berührte.

Es war das zweite Mal in dieser Nacht, dass sie in Amalias Armen zu sich kam. Sie konnte allerdings nur wenige Minuten bewusstlos gewesen sein, erkannte sie, denn es war in der Zeit kaum heller geworden und die Fähre nach wie vor auf dem Weg zu ihnen.

»Wie?«, war alles, was sie an Worten formulieren konnte, während ihre Finger an Amalias Körper herabfuhren, hin zu der Stelle, wo das Messer sie getroffen haben musste.

Nadjas Augen weiteten sich in stiller Erkenntnis, als sie dort keine blutige Wunde ertasteten, sondern das Korsett, über das sie sich erst am vergangenen Morgen noch so amüsiert hatte.

24

EPILOG

Die letzten Minuten, bevor die Fähre den Anleger erreichte, hatten Nadja und Amalia in reger Betriebsamkeit verbracht. Es würde zweifelsohne Fragen geben, so wie die beiden inzwischen aussahen, aber zumindest wuschen sie, so gut es ging, das Blut ab, improvisierten einen kleinen Verband für Nadjas Schnittverletzungen und verbargen den dann notdürftig unter den Ärmeln.

Doch als das schwere Schiff hielt, als die ersten Blicke der Fährmannschaft auf sie fielen, war beiden klar, dass ihre Scharade bestenfalls kläglich genannt werden konnte. Sie waren in dieser Nacht durch die Hölle gegangen, und so sahen sie auch aus. Jeder, der sie erblickte, musste den Drang verspüren, die Polizei zu rufen, und sei es wenigstens zu Nadjas und Amalias eigenem Schutz.

Zu ihrem Erstaunen kam es anders. Der unschätzbar alte Seebär, der sie vor einer Zeit, die sich für Nadja wie eine Ewigkeit anfühlte, übergesetzt hatte, tat auch heute wieder seinen Dienst. Wenn er überrascht war, die beiden zerzausten, versehrten Frauen auf dem Steg vorzufinden, dann ließ er es sich nicht anmerken. Vielmehr hatte Nadja das Gefühl, als fände er eine unausgesprochene Erwartung bestätigt.

Er stellte keine Fragen. Er ließ beide an Bord und trug dabei Sorge, dass die restlichen Mitglieder der Mannschaft gerade anderweitig beschäftigt waren. Er verzichtete auf seinen Obolus, wie er es bei ihrer Anreise genannt hatte. Sie beide, sagte er nur verschwörerisch, hätten bereits genug entrichtet.

Er gab ihnen drinnen die Möglichkeit, sich zu trocknen und sich frisch zu machen, oder »sich zu richten«, wie er es ausdrückte. Als sie soweit waren, bemerkten sie, dass er ihnen eine Thermoskanne mit heißem Kaffee zurückgelassen hatte. Und als wäre all dies nicht schon viel mehr, als sie verlangen könnten, überließ er beiden noch zwei Strickpullover aus seinem Schrank, die zwar kratzten wie Drahtbürsten, aber warm waren, trocken und sauber.

Er hatte ihnen angeboten, für die Rückfahrt ganz unter Deck zu bleiben, aber Nadja und Amalia wollten beide nicht. Sie wollten, vielleicht aus den gleichen und vielleicht aus unterschiedlichen Gründen, zusehen, wie die Insel kleiner wurde, wie mehr und mehr der dunklen Fluten des Sees zwischen sie und jenen Ort kamen, der ihnen so viel abverlangt hatte.

Bis sie allerdings soweit waren, hatten sich die dröhnenden Motoren des Schiffs bereits wieder in Gang gesetzt. Sie traten zusammen an Deck, noch immer verunsichert, doch niemand schien ihnen großartige Beachtung zu schenken. Der Seebär nickte ihnen noch einmal zu, auf eine mitfühlende und zugleich wissende Art, dann kümmerte er sich wieder um seine Arbeit.

Nadja und Amalia standen nun gemeinsam an der hinteren Reling des Schiffes und blickten hinaus zu der Insel, die wie ersehnt kleiner und kleiner wurde. Sie hielten sich im Arm, einfach froh, beieinander zu sein, und inzwischen gleichgültig gegenüber dem, was die Mannschaft denken würde. Die einzige Gesellschaft jedoch, die sich gerade in der Nähe aufhielt, war ein kleiner, schwarzer Kater. Er musste sich an Bord gemogelt haben, hatte sich mit demonstrativem Desinteresse in einigen Metern Entfernung auf einem dicken Tau zusammengerollt und ließ sich nun vom Auf und Ab des Schiffes in den Schlaf wiegen.

Nadja seufzte. Sie war erleichtert, aber nicht unbeschwert.

Dunkle Gedanken wogten noch immer in ihrem Kopf umher. Sie hatte Menschen getötet. Paul. Emilia. Nathan war auch tot, und sein Schicksal würde ungeklärt bleiben müssen, wenn sie nicht ihrerseits jemandem Rechenschaft darüber ablegen wollte, was vorgefallen war. Und mehr Tote hingen am Vermächtnis der Familie Kaltenstein. Ihr Vater. Ihre Mutter.

Bei dem Gedanken an ihre Mutter kamen ihr zudem Emilias letzte Worte in den Sinn, jene, die unvollendet geblieben waren. Was hatte sie ihr damit sagen wollen? Und war es überhaupt wert, darüber nachzudenken?

Als habe sie ihre Sorgen gespürt, zog sich Amalia enger an sie heran. Wange an Wange standen sie dort und sahen die Felsformation vorüberziehen, die Nadjas erster Eindruck bei ihrer Ankunft gewesen war. Die Felsnadeln, die nach Hilfe suchend durch das Wasser griffen, unsicher, ob sie jemand erfassen würde.

Nadjas Finger – das erkannte sie – hatte jemand erfasst. Eine andere, eine rettende Hand hatte sich um ihre geschlossen.

Ja, dachte sie sich, dann war sie das letzte Kind von Kaltenstein. Und Amalia die letzte in der Familie Nebelung.

Sollte es doch so sein.

Am Ende waren sie es selbst, die über ihr Schicksal gebieten würden.

Sie würden bestimmen, wie ihr neues Leben auszusehen hatte.

Und den ersten Schritt dazu, den hatten sie gerade getan.

NACHWORT

Dieses Buch ist vielleicht nicht lang, aber es steckt eine sehr große Menge von Dingen darin, die ich in irgendeiner Form behandeln wollte.

Und natürlich wäre es langweilig, die jetzt hier *alle* offenzulegen, aber auf ein paar Aspekte wollte ich nun doch noch eingehen.

Zunächst einmal ist *Das letzte Kind von Kaltenstein* ein Buch über eine Erbschaft. Das begann mit meiner ganz eigenen.

Als ich nach dem überraschend frühen Tod meines Vaters plötzlich der Erbe eines Hauses war – der einzige Weg, wie ein im Verlagsbereich arbeitender End-30er wie ich wohl in den 2020ern eine Chance auf eine Immobilie hat –, erwies sich das als ziemlich einschneidend. Nicht nur, weil ich halt jetzt dieses Haus hatte und damit erst mal gedanklich klarkommen musste, sondern auch, weil ich damit verbunden in die Eifel zurückgekehrt bin. Raus aus der Stadt.

Vieles von dem, was Nadja in diesem Buch widerfährt, ist natürlich ausgedacht. Aber auch nach inzwischen fast fünf Jahren bin ich noch immer für manchen hier „dem Rainer Michalski singe Jong", und gerade anfangs sprachen mich nicht wenige Leute, die ich gar nicht zuordnen konnte, mit Namen an, um mir etwa noch das Beileid auszusprechen oder – meine Favoriten – um zu fragen, ob ich schon wisse, was ich mit dem Haus machen wolle.

Darin nahm seinen Anfang, wie Nadja im Laufe des Buches immer wieder geradezu darauf reduziert wird, die Tochter derer von Kaltenstein zu sein.

Auch das Erkunden des Herrenhauses im Buch hat definitiv Aspekte dessen, was ich hier wirklich erlebt habe, auch wenn ich realweltlich einen Mangel an Geheimgängen beklagen müsste.

Also wollte ich etwas mit einem Haus schreiben, und da Horror ja doch irgendwie mein Genre scheint, war der Weg zur Schauerromantik naheliegend. Oder vielleicht vom Begriff her etwas vertrauter das, was im Englischen als *Gothic Romance* bezeichnet wird.

Das heißt natürlich zunächst einmal, dass ich in der Folge einiger literarischer Giganten stehe, die bereits auf ähnlichem Felde unterwegs waren. Ganz klar: Ohne Poe, Byron und Shelley, ohne Hoffmann, Tieck und Meyrink, ohne Sheridan Le Fanu und Shirley Jackson gäbe es dieses Buch nicht.

Ebenso fußt die Ästhetik von Kaltenstein – neben der zuvor genannten eigenen Erb-Erfahrung – auf einer ganzen Ahnfolge von Gemäuern. Das Hill House aus Jacksons gleichnamiger Geschichte, das Bly-Anwesen aus Henry James' *The Turn of the Screw*, Thornfield Hall in Charlotte Brontës *Jane Eyre* und Allerdale Hall in Guillermo del Toros Film *Crimson Peak* – und so viele mehr.

Über das Thema alleine lassen sich ja eigene Bücher schreiben. Und wenn ich mich kurz vom bildungsbürgerlichen Ross herabschwingen darf, dann muss *Rise of the Tomb Raider: Blood Ties* noch erwähnt werden, denn obgleich keine Geistergeschichte, ist Croft Manor doch auch eine großartige Inspiration gewesen.

Ebenso war mir auch sofort klar, dass ich, wenn ich das angehen würde, den Aspekt der Romantik nicht aussparen wollte. Kurzum, erstmals wollte ich eine Liebesgeschichte haben.

Jetzt kommt das Kuriosum: In der allerersten Fassung des Konzepts zu diesem Roman gab es Nadja so noch nicht – die Hauptfigur war ein junger Mann namens Nathan, dem zu Ehren ich in der endgültigen Fassung zumindest den örtlichen Handwerker benannt habe.

Aber je länger ich daran arbeitete, desto mehr fand ich, dass es spannender wäre, aus der Hauptfigur eine Frau zu machen. Das ergab nicht nur viel mehr Sinn hinsichtlich der ganzen Familien-Erben-Hexen-Thematik, die das Buch bestimmt, es war auch einfach ein schöner Bruch mit ein paar typischen Rollenmodellen.

Je mehr ich darüber nachdachte, desto mehr wurde mir darüber hinaus jedoch klar, dass all das hingegen kein Grund war, Amalia – die zweite Person innerhalb dieser Romanze – ebenfalls zu „gender-swappen". Im Gegenteil: Eigentlich stand doch auch diese gleichgeschlechtliche Beziehung geradezu wunderbar im Konflikt mit der ganzen „Hexen-Eugenik" des Buches.

Ich hoffe mal, ich habe mich bei dem ganzen Themenaspekt nicht zu schrecklich angestellt. Ich hatte ein wenig Beistand von (nicht weitflächig geoutet werden wollenden) homosexuellen Menschen, damit das am Ende alles glaubwürdig rüberkommt und wie gesagt, ich hoffe, das ist gelungen.

Natürlich ist dieses ganze Thema der Geschlechterrollen noch viel tiefer in dieses Buch hineingewoben. Das ist ein Teil, zu dem sich die Lesenden dieses Buches hoffentlich selbst eine Meinung bilden können, aber Lese-Erwartungen, Männer-, Frauen- und Familienbilder und narrative Rollenklischees wären vermutlich alles gute Klausurthemen. Die Fragen, inwiefern wir soziale Rollen von unseren Eltern erben, und inwiefern es an denen ist, zu bestimmen, welchen Weg wir in unseren Leben einschlagen und welchen nicht, sind es definitiv ebenso.

Ach ja, und dann war da Corona. Man kann anno 2022 vermutlich kein Buch schreiben, das nicht zumindest implizit in irgendeinem Kontext zu den Krisen unserer Zeit steht.

Das beginnt schon an dem Punkt, dass dieser Roman hier quasi Ersatz war für ein anderes Buch, das ich in Arbeit hatte. Ein Fantasy-Roman, begonnen schon 2019, über eine Welt, in der eine Plage (dort: Pilze) die Menschen in eine ummauerte, bewachte Stadt getrieben hatte, die man eigentlich nicht verlassen durfte und wer doch einmal hinausging, musste spezielle Masken tragen ... und irgendwann blickte ich mal auf das, was ich da gerade schrieb und dachte mir, das will doch derzeit einfach niemand lesen. Und im schlimmsten Fall würde es sogar als Schlüsselroman für Querdenker missbraucht, weil das Hinterfragen jener Maßnahmen durchaus Teil des Buches war.

Nein, das war nicht das richtige Projekt für den Moment. Dieses Buch hier ist aber auch sonst Eskapismus fort von der Corona-Pandemie: Es ist durchaus Absicht, dass die Geschichte sich zeitlich gar nicht in die Zeit vor oder nach COVID-19 platzieren lassen soll. Es ist halt irgendwie vage in der Gegenwart angesiedelt.

In ein ähnliches Horn stößt, dass in einer früheren Konzeptionsfassung der Sturm am Ende auch Überflutungen mit sich brachte – aber sagen wir einfach, dass ich, nachdem ich die Flutkatastrophe 2021 selbst miterlebt habe, irgendwie keine Lust mehr darauf hatte.

Ein anderes Element mit realweltlichem Bezug, schöner und zugleich auch ein wenig bittersüß, ist der schwarze Kater. Der hat nämlich auch eine Vorlage – zumindest in der Form, die er in der Endbearbeitung des Manuskripts angenommen hat. (Als die Hauptfigur noch Nathan war, war der Kater noch ein Rabe – verrückt, dieses Schreibhandwerk.)

Sein Vorbild, unser kleiner Greebo, schleicht leider seit letztem Jahr auch nicht mehr durch irdische Vorgärten, hat aber mit diesem Buch hoffentlich ein kleines Denkmal bekommen, dass ihm würdig ist.

Er *war* ein Lebensretter, wenngleich metaphorisch.

Und apropos Lebensretter – ein paar Menschen verdienen hier Erwähnung. Vor allen anderen zunächst meine Erstleserinnen Angela, Julia, Elli und Lina, die alle ganz eigene Perspektiven eingebracht und dieses Buch durchaus mitgeformt haben. Dieses Buch – und seinen Autor, wenn ich ehrlich bin.

Ohne einen diesigen Spaziergang an einem See mit Angela wäre dieses Buch vermutlich ohnehin nicht in dieser Form passiert – auch wenn ich „die Erb-Geschichte" und „die See-Geschichte" anfangs für zwei Ideen hielt, und mir erst mit der Zeit dämmerte, dass die quasi wie füreinander gemacht waren.

Dank gebührt weiterhin Manuela Sonntag, mit der ich ja nun schon seit vielen, vielen Jahren einen gegenseitigen Werbeseiten-Austausch pflege und die zudem, wie ich, weiterhin daran glaubt, dass Selfpublishing keine Verlegenheitslösung ist.

Dank geht auch ganz pauschal an Judith und Christian Vogt sowie die anderen Vorreiter im Bereich progressiver Phantastik. Ich will gar nicht in Anspruch nehmen, selbst allzu progressiv zu schreiben, aber *representation matters*, und ohne entsprechende literarische Vorbilder wären Nadja und Amalia vermutlich kein Paar.

YouTuberin Bernadette Banner kenne ich nicht persönlich, aber dank ihrer Videos trägt Amalia gerne Korsett und kann sich darin dennoch gut bewegen.

Meine Freunde Anke und Götz hatten ebenfalls indirekt inspirierenden Anteil. Die Takenplatte ist für euch!

Etwas vage sei außerdem an dieser Stelle noch meiner Familie gedankt, mütterlicher- wie väterlicherseits. Zwar hat nichts, was mir da so über die letzten Jahre erzählt wurde, direkten Einzug in dieses Buch gehalten. Aber die Art, wie Geschichten und Anekdoten mehrfach dazu geführt haben, rückblickend meine Eltern posthum noch mal in neuem Licht zu sehen, hat sicherlich auch Einfluss gehabt auf Nadjas Erlebnisse. (Und nein, keine kultischen Hintergründe bei uns, bevor einer fragt.)

Zuletzt sei noch angesprochen, dass die Insel, auf der das Buch spielt, im deutschsprachigen Raum schon eher eine gewagte Erfindung ist. Es ist nicht so, als wenn wir *gar* keine großen Binneninseln hätten, aber eine von dieser Größe wäre schon sehr markant. Reichenau im Bodensee misst 4,3 km², die Herreninsel im Chiemsee immerhin noch 2,3 km², aber wie gesagt, das sind Ausreißer. Möge man mir diese erzählerische Freiheit nachsehen.

Übrigens, auch wenn das Buch als erste Horror-Erzählung aus meiner Feder nicht in der Eifel spielt, so findet die Geschichte dennoch definitiv im gleichen Kontext wie die beiden Novellen aus *Verfluchte Eifel* und mein Roman *Verdorbene Asche* statt.

Aber auch das ist eine Sache, die ich euch überlassen möchte zu finden. Wer weiß, vielleicht kommen wir ja mal an den Punkt, an dem all diese Elemente in einer finalen Geschichte zusammenlaufen?

Abschließend bleibt mir aber so oder so nur zu hoffen, dass ihr vor allem Spaß hattet an diesem kleinen Stück Literatur – nennt es Kurzroman, Novelle oder wie ihr wollt, Hauptsache ihr hattet Freude, habt euch vielleicht etwas gegruselt, fandet es spannend oder hattet anderweitig eine gute Zeit damit.

Vielleicht begleiten euch Nadja und Amalia ja sogar noch ein wenig in Gedanken, nachdem ihr das Buch weggelegt habt – das wäre mir die größte Freude.

TRIGGERWARNUNG

VERFLUCHTE EIFEL

Dunkle, schauerliche Wälder und geheimnisvolle, im Nebel verborgene Moore – die Eifel kann ein sehr gruseliger Ort sein. Das merken auch immer wieder Fremde, die sich in diese kalte und regnerische Region wagen.

In „Das Dorfgeheimnis" ist es ein junger Mann, der eigentlich einen Freund besuchen möchte, doch als er diesen nicht antrifft, auf die Spur eines grässlichen, weit in die Geschichte eines Eifeldorfes reichenden Geheimnisses stößt.

In „Verfluchte Eifel" machen sich fünf Studenten auf in die Region, um einerseits Urlaub zu machen, andererseits aber auch, um einer alten Legende um einen mysteriösen Kirchenraub nachzugehen. Doch nicht nur geraten sie so einigen örtlichen Verbrechern in die Quere, auch an der Legende scheint mehr dran zu sein, als den jungen Leuten lieb sein kann.

„Zwei schaurig-phantastische Novellen,
die beide ihre ganz eigene Sogwirkung entfalten."
– Judith Vogt

8,95 Euro | ISBN: 978-3-7392-1874-8

Verdorbene Asche

Jedes Jahr pilgern die Leute in ein kleines Eifeldorf, um einem Osterritus beizuwohnen: Große Räder aus Holz werden mit Stroh und Reisig versehen, entfacht und eine kleine Steilklippe nahe der Siedlung hinabgeschickt, um die bösen Geister zu vertreiben. Ein Brauch, vielleicht so alt wie das Dorf selbst.

THOMAS MICHALSKI
VERDORBENE ASCHE

HORROR

Als jedoch der ansässige Pfarrer während der Karfreitagsprozession ums Leben kommt, gerät das ganze Fest aus den Fugen. Weder der junge Bürgermeister, noch eine Journalistin, die eigentlich nur für einen Brauchtumsbericht angereist ist, können sich auf die Vorgänge einen Reim machen.

Als jedoch schon am Tag nach dem Mord ein Ersatz für den verstorbenen Priester eintrifft, direkt aus der Heiligen Stadt, wie man sagt, ist den beiden eines klar: Hier geht es um mehr, als es zunächst den Anschein hat.

„Mit raschen Szenenwechseln treibt er die Geschichte vorwärts, dabei hält er die Spannung konstant hoch."
– Nerds gegen Stephan

11 Euro | ISBN: 978-3-7347-4541-6

er mich:

bin Jahrgang 1983, wohne mit Mann und zuvielen Haustieren in Aachen, ich meinen MA in Geschichte, Literatur und Philosophie gemacht habe. kann mich nicht aktiv erinnern wann ich mit Schreiben angefangen be, es fühlt sich so an, als hätte ich immer schon Geschichten erzählt. offizielle Veröffentlichungen sind bisher mehrere Romane, eine senschaftliche Abhandlung über die historische Shakespeare-Analyse d eine ganze Reihe Kurzgeschichten und Gedichte in die Liste gegangen und in den meisten davon - ja, auch bei Shakespeare - geben Geister, Götter, Dämonen, Hexen oder andere Übernatürliche oder sterbliche die Klinke in die Hand. Die beste Realität ist eben doch die **alität Plus**!

"Mein lieber Wagner, es geht um nichts weniger, als die Rettung meine
unsterblichen Seele. Und Ihre Karriere."

Für Jonas Wagner ist es eine große Ehre, als er vom berühmten Prof. Dr. Dr. D
Faust persönlich als kriminalpsychologischer Berater angefordert wird. Eine Reih
vermeintlich zusammenhangloser Todesfälle hält die Polizei in Atem und schne
muss er seiner neuen Kollegin Margaretha beweisen, dass er mehr als n
trockenes Bücherwissen zu den Ermittlungen beitragen kann.Fau
währenddessen ist dem Täter längst auf der Spur.
Doch bald muss er die gesammelte Lebenserfahrung der letzten Jahrhunder
nicht nur aufbieten, um seinen Gegner zu überlisten, sondern auch alles dara
setzen, dass seine Schützlinge ihm nicht in die Quere kommen.